몽골, 초원의 눈빛

몽골, 초원의 눈빛

전경옥 제4시집

The Munhak Su
문학秀

단풍이 곱게 물들어 가는 계절!
네 번째 시집《몽골, 초원의 눈빛》을 펴냅니다.
삶의 편린들을 한 조각 한 조각 묶었습니다.
밤잠을 설치며 쓰고 고치고,
미숙한 대로 세상으로 내보냅니다.
시집이 나오기까지 평설을 써주신 김종 교수님,
정은출판 사장님과 카타리나 대표님에게
감사의 마음을 전합니다.
시를 가르쳐주신 김영식 선생님, 최연숙 선생님,
함께 공부한 문우들에게도 감사의 마음을 전합니다.
물심양면으로 도움을 준 가족들에게
고마움을 전합니다.

- 동짓달에 작약 전경옥 드림

차
례

| 제1부 | **봄**

| 제2부 | # 여름

| 제3부 | 가을

| 제4부 | 겨울

|제5부| 기타

봄

움트는 봄빛

이른 봄 눈발이 풀풀 날린다
양재천 물가에 돋아난 나승개
인적이 뜸한 수면 위로
오리 한 쌍 유유히 노닌다

파릇이 비집고 나온 질경이
풀잎과 한데 어우러져
봄빛 이야기 소곤대고 있다

길가에 노랗게 망울진 개나리
한겨울 견뎌낸 계절의 눈빛

산까치 몇 마리 주변을 맴돌다
나뭇가지에 앉는다
돌아갈 둥지는 있기나 한 건가?

옷깃을 여미고 온 샛바람
내 머릿결을 스치고 지나간다

왜가리를 닮고 싶다

오랜 세월 견뎌온
고목에
꽃비가 바람결에 휘날린다

운동화 끈 질끈 동여매고
나선 대공원 길
파릇한 새싹들
벚꽃 핀 가지에
까치집이 덩그러니 얹혀있다

고목 나무 옹이에 핀 벚꽃
하얀 꽃술에
듬성듬성 박힌 피멍
모진 세월 상처 나며 견뎌온 날들

호수 위 왜가리 한 마리
디딤돌 딛고 날개 흔들어
신나게 춤을 춘다
벚꽃 송이송이 피워 올린다

저 왜가리처럼
자유로이 날갯짓하고 싶다

대공원 길

오랜 세월 견뎌온
고목 벚나무에
환하게 핀 벚꽃들

바람에
꽃비 내리는 산책길

연둣빛 새싹들
가지마다 파릇하고
벚나무 우듬지엔
까치집 하나 덩그렇다

고목 옹이에 피어난
꽃술에 박힌 피멍
모진 세월의 흔적인가

호수 위로
왜가리 한 마리 날고
디딤돌 위로
꽃구름 피어오른다

두만강은 흐른다

눈앞에 얼기설기 쳐놓은 철책선
핏빛으로 물들었던 6·25 전쟁
눈앞에 두만강이 무심히 흐른다

연변 자치주 도문 땅에서
두만강 건너편에
지척인 북한 땅을 바라다본다

전시용으로 꾸며놓은 북한 마을
역사의 아픈 상흔이
가슴에 서글픔으로 밀려온다

"그리운 내 님이여, 그리운 내 님이여!"
노 젓던 뱃사공도
목메어 울부짖던 유행가 가사처럼
70년의 세월이 훌쩍 지나
어느새 내 나이가 되었구나

모질고 거친 세파 헤치고
여기까지 왔는데
얼어붙은 북한 땅이 풀릴
자유의 새봄은 언제나 오려나

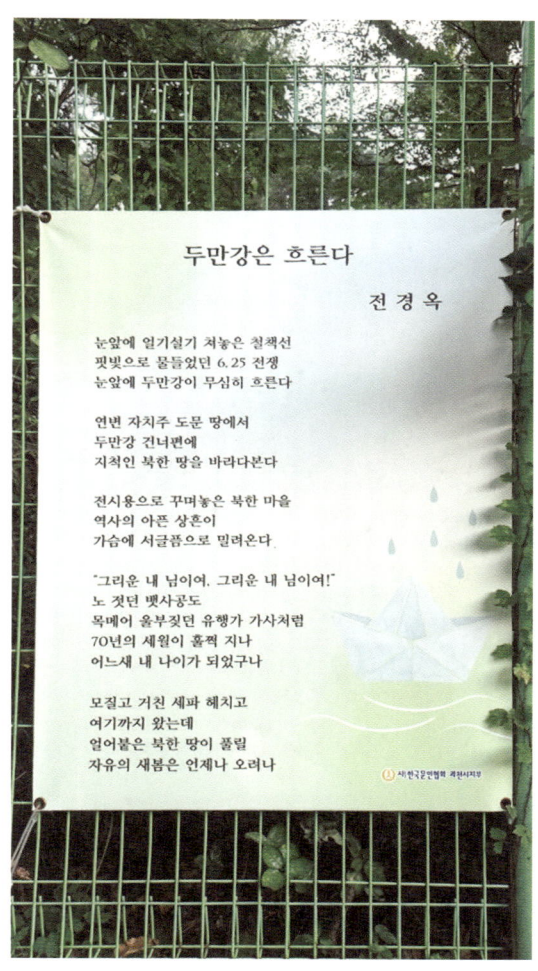

두만강은 흐른다

전 경 옥

눈앞에 얼기설기 쳐놓은 철책선
핏빛으로 물들었던 6.25 전쟁
눈앞에 두만강이 무심히 흐른다

연변 자치주 도문 땅에서
두만강 건너편에
지척인 북한 땅을 바라다본다

전시용으로 꾸며놓은 북한 마을
역사의 아픈 상흔이
가슴에 서글픔으로 밀려온다

"그리운 내 님이여, 그리운 내 님이여!"
노 젓던 뱃사공도
목메어 울부짖던 유행가 가사처럼
70년의 세월이 훌쩍 지나
어느새 내 나이가 되었구나

모질고 거친 세파 헤치고
여기까지 왔는데
얼어붙은 북한 땅이 풀릴
자유의 새봄은 언제나 오려나

봄날이 그립다

청계산 아래 호숫가
맴도는 실바람에도
포르스름한 봄빛이 여물어
수양버들 가지마다 하늘거리다

뚝 방 길에 지천인 개나리
겨우내 숨겨놓았던
그리움이 터져 나온 것일까
샛노란 물감을 풀어놓은 듯하다

삭정이 덤불에 수줍은 듯
고개 내민 진달래
연분홍 옛 추억이 눈에 가물거린다

노랑 저고리 연분홍 치마 입고
어머니 손에 걸려
외갓집 가던 옛길이
그리운 봄날이다

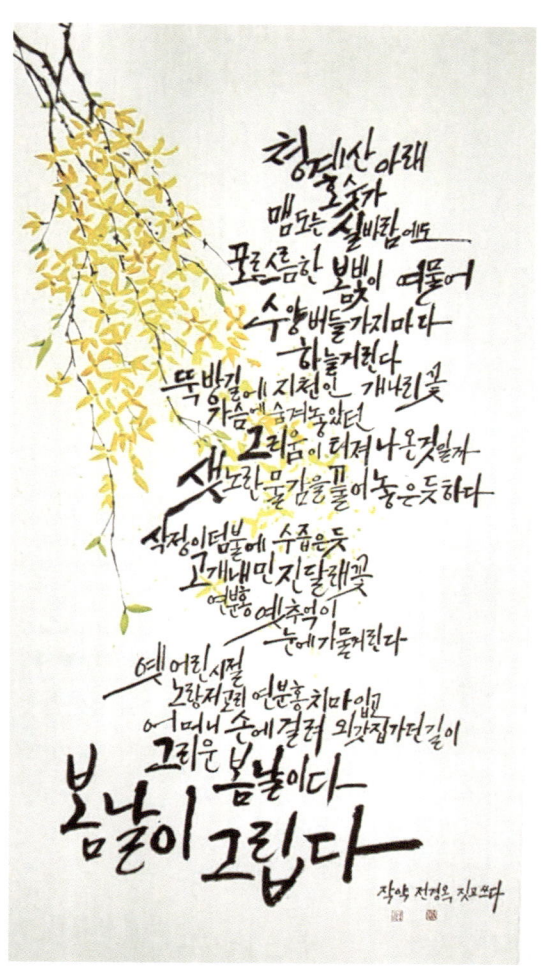

상자 텃밭

베란다 난간 위
흙 상자
버려둔 채
씨 뿌린 적 없는데

어디서 날아왔는지
노란 야생화와
빨간 뱀딸기
둥지 틀고 탐스럽게 익었다

둘이서 어울려
서로 외롭지는 않겠다

푸른 바람
고운 햇살에
실려 와 싹튼

신이 내린
세상의 신비가
내 가슴에도 고이 피어난다

행복한 봄날

뜰 앞 고목에 핀 화사한 벚꽃
봄날의 따사로움 아래
향기를 뿜어대는 순배개의 빛
향긋한 내음이 창가로 밀려온다

한겨울 버틴 새들이 날아와
제 세상을 만난 듯
꽃가지를 넘나들며 쪼아댄다

꽃술에 올챙이알처럼 박힌 점들
곧 새끼들이 깨어 나올 듯하다

창문을 밀고 바라보면
여름에는 시원한 그늘로
가을에는 빨간 단풍으로
겨울에는 눈꽃으로 피었지

아파트 오랜 정원에서
변함없이 함께해 준
화사한 얼굴 바라보며
남몰래 행복에 잠기는 봄날이다

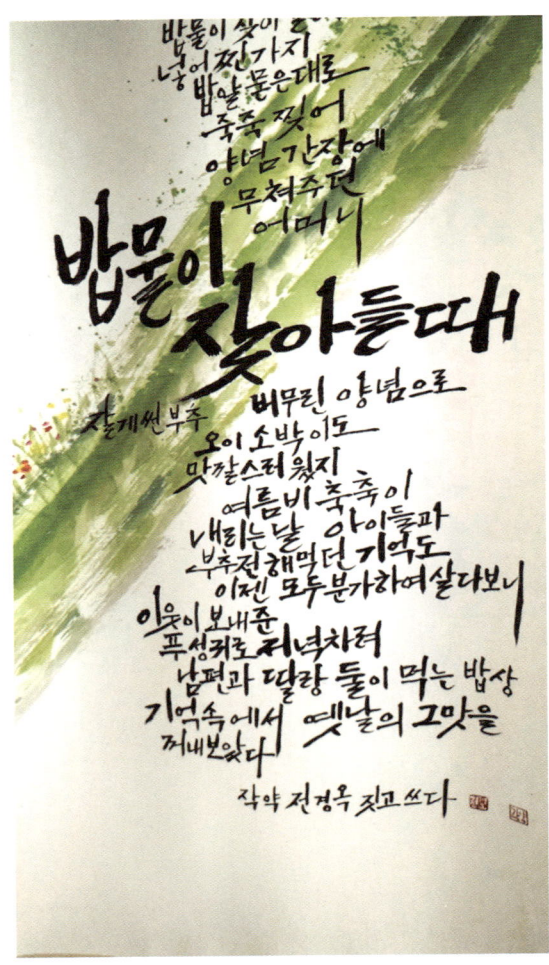

밥물이 찾아 들때

밥물이 찾아 들
넣어 찻가지
밥알 묻은대로
죽죽 찢어
양념간장에
무쳐주던 어머니

잘 들게썬 부추 버무린 양념으로
오이 소박이도
맛갈스러웠지
여름비 축축이
내리는 날 아이들과
부추전 해먹던 기억도
이젠 모두 뿔가하여 살다보니
이웃이 보내준
푸성귀로 저녁차려
남편과 딸랑 둘이 먹는 밥상
기억속에서 옛날의 그맛을
꺼내보았다

작약 전경옥 짓고 쓰다

24

밥물이 잦아들 때

미나리 살짝 삶아 고추장 양념에
어린 호박잎 데쳐 된장을 넣고
쑥갓까지 곁들인 향내가 물씬

밥물이 잦아들 때 넣어 찐 가지
밥알 묻은 채로 죽죽 찢어
양념간장에 무쳐주던 어머니

잘게 썬 부추에 버무린 양념으로 만든
오이소박이도 맛깔스러웠지

여름비 축축이 내리는 날
아이들과 부추전 해 먹던 기억도
이젠 모두 분가하여 살다 보니

이웃이 보내준 푸성귀로 저녁 차려
남편과 딸랑 둘이 먹는 밥상
기억 속에서 옛날의 그 맛을
꺼내 보았다

칡넝쿨의 슬픔

이른 아침 양재천 산책길
칡넝쿨이 뚝방에 무성하다
보라색 꽃이 핀 줄기를
예초기가 소음으로 마구 잘라댄다

어디 하나 버릴 것 없는 식물
뿌리는 즙으로
새순은 나물로
줄기는 약재로 쓰이는데

필요할 때는 품어 안고
세상이 바뀌면 무참히 잘라버리는
요즈음의 비정한 세태

가슴 한구석이 아리다

흐르는 물결 속 정겨운 잉어 떼를 보라
어떤 무리는 줄지어 몰려다니고
다른 무리는 어울려 송알거린다

요즘 세상의 이념 갈등이 볼썽사납다
얽히고설킨 세상
그 옳고 그름, 언제 누가 풀어줄 것인가?

봄을 삼킨 산불

산새들의 지저귐이 청아하다

숲속에 살아가던 곤충들
장수풍뎅이 사슴벌레 비단벌레
세월이 갈수록
점점 사라져가는 숲속 생태계

숲에 있는 온갖 생물
음이온과 치톤피트 쾌적함이
한 인간의 순간적인 실수로
푸른 사이 잿더미로 변했다

경북 의성에서 발화된 산불이
안동, 청송, 영양으로 번져
온 산을 태우고도 모자라
인명과 숱한 재산이 날아갔다

거친 불길이 강풍을 타고
노도(怒濤)와 같이
새봄을 통째로 삼켜 버렸다

제2부

여름

무자비한 계절의 횡포

백로가 지난 지 한참인데
아랑곳없이
거리는 가마솥 열기
땀방울이 목덜미에
후줄근히 흘러내린다

시원한 물 한 모금
목을 흠뻑 축여보지만
연신 흘러내리는 땀방울
손수건으로 닦아내기 바쁘다

불볕에 타들어 가는 풀꽃들
하늘의 빗줄기만 기다린다

더위 먹은 길고양이 두어 마리
처진 걸음으로 어깃어깃 걸어간다

계절의 잔인한 사이로
행인들의 발걸음도
불어오는 산바람도
한낮의 열기에 종적을 감추었다

대자연의 선물

칭기즈칸 공항에 내리자
광활한 대자연의 풍광이
나를 포옹하듯 품어 안는다

여름 하늘은 물빛처럼 푸르고
볼강의 대지 위로
하얀 게르들이 흩어져 반짝인다

둥근 게르 지붕 안에는
네 개의 침대가
여행자를 포근히 끌어안는다

해가 지니 차가운 공기가 스며들어
겨울 코트로 몸을 감싸고
몽골의 밤 푸른 꿈속에 젖는다

끝없이 펼쳐진 대지
나무 한 그루, 풀 한 포기 없는
광활한 벌판을 지나니
앙증스러운 야생화가 반기고
우뚝 솟은 기암괴석들

동물의 형상으로
여행객들의 눈길을 머물게 한다

저녁 식사 시간
식탁 위엔 말고기 찜, 양고기 찜
이국의 냄새가 코끝에 스며든다

깊어가는 푸른 밤
별들이 하나둘 불을 밝히고
북두칠성, 오리온 좌, 금성, 등
숨이 막힐 만큼 경이로운 빛

그 순간 고향의 어린 시절
산길과 들길을 휘젓고 다니며
나물을 뜯고
염소에게 풀을 뜯어 먹이던
기억이 눈앞에 향수처럼 스쳐 간다

어어리 상사리

못단 한 뭉치 물 댄 논에 던져 놓고
듬성듬성 꽂으며 농부들 곱사춤 흥을 돋우니

어어리 상사리!

우렁이 배 밀며 새끼들 우르르
참붕어 파닥이니 은빛 곱구나
샛바람 불어오니 벼꽃 떨어질라

어어리 상사리!

황금 들판에 고개 떨군 벼 이삭
따르륵 메뚜기떼 볏단 한 움큼 돌리니
와룽 와룽 와룽개 돈다

어어리 상사리!

흥얼거리던 농부 다 어디 가고
밤실 물 댄 논에 벼 끝만 남아 있네

＊와룽개 : 가을철 둥글게 생긴 원통에 철사로 얼기설기 되어 있는
곳에 벼 알곡을 대면 알곡만 떨어지며 와룽 와룽 소리가 나는 물건

저 푸른 새들처럼

말레이시아 원정 골프 여행길
릴라이 스프링스 골프장에서
부부 동반 라운딩을 한다

이국적 향기 서린 골프장에서
힘껏 휘둘러 티샷을 날린다

푸른 잔디밭에서
떼를 지어
찍찍, 쩩쩩, 찌르르릉
주황색 눈동자 소쩍새
검은 머리 갈색 찌르레기

야자수 잎새 사이를
헤집고 옮아다닌다
갑자기 푸드덕 날아오른다

내 가슴에도
푸른 새 한 마리 날아올랐다

이른 아침부터 저녁 늦게까지
직장생활을 하는 엄마 품을 떠나
등 가방 메고
어린이집으로 향하는 손주들

그 애들은 언제쯤
저 새들처럼 자유로이
이 세상을 날아다닐 수 있을까

왕송호수의 연꽃

한적한 초원
왕송호수 연꽃 마을
화사한 연꽃이 여름을 켠다

파란 하늘에 구름 동동
왕송호수 물빛이 반짝인다

코스모스 피고 지고
벼 이삭 여물 무렵
메밀꽃 미소 지으며
연꽃 목울대
길게 늘이고 기다리던 날

호수는 저녁노을을 품고
한 송이 연꽃이
빛의 심지를 끌어올린다

바람에 젖은 풀잎마다
나긋한 기다림이 스며들고
물가에 선 발자국

연꽃은 사라져도
호수는 계절을 기억하고
기다림은 언제나
다시 피어날 꽃을 그린다

너럭바위에 걸터앉아

이른 아침 관악산 산책길
바위에 걸터앉아
눈앞의 모습을 내려다본다

향교 계곡에
시냇물 여울지는 소리
하얀 포말을 쉼 없이 게워내고

물가에 물푸레나무
새벽잠에서 덜 깨어난 듯
고개 숙여 미동도 하지 않는다

이윽고
중년 여인이 푸들 강아지 데리고
산책길을 오르고
허리 굽은 노인이
지팡이 짚고 가쁜 숨을 몰아쉰다

뒤따라
파란 티셔츠 입은 청년이
발길을 서둘러 등산길에 오른다
이른 아침 산책길에서
잠시 눈을 감고
삶의 의미를 헤적이며 사색에 잠긴다

극기 훈련 골프

후쿠오카 오이타 공항
팔월의 후끈한 열기가
온몸에 빨래처럼 휘감긴다

빽빽이 무성한 나무 잎새들
빗방울 한 점 없이
내리쬐는 뙤약볕 아래
잔디마저 붉게 타들어 가니
숨 막히는 열기가 몸부림친다

불볕더위에 심통이 났는지
독수리 한 마리 날아와
필드에 내려앉아 훼방을 놓는다

찜통더위에 비명을 지르듯
새들의 울음소리도
귀청에 따갑게 달라붙는다

등창에 줄줄 흐르는 땀방울
후끈한 열기로 온몸을 휘감고

텀블러 속 덜그럭거리는 얼음물로
간신히 목을 축이며
고난의 행군을 하듯 나아간다

굿 샷을 외쳐도 대답 없는 메아리
모처럼 골프 여행이
한여름날 극기 훈련하는 셈이 되었다

일상 한오라기 걸치고

일상 한오라기 걸치고
성경책을 펼쳐 읽는다
사랑의 언어에 밑줄을 그으며

『마귀의 궤계를
능히 대적하기 위하여
하나님의 전신 갑주를 입으라』

젊은 날 뇌리에 스쳐 간
문장들이 마음에 스민다

『가시 돋친 말을 피하라
인간관계로 결핍을 메우려 하지만
자칫하면 화상을 입을 수도 있다』*

흰 도화지 위에 쓰고
다시 읽고 음미한다.
책꽂이엔 아직
읽지 못한 책이 쌓여간다

잠을 설친 밤의 흔적
시인지 수필인지
알 수 없는 기록들
소중한 추억들이 파닥인다

지리산 천왕봉 오르던
그 힘겨운 시간처럼
나의 삶을 쓰고 또 고친다

목표한 고지를 향해
뚜벅뚜벅 걸어가다 보면
언젠가는 괜찮은 시인이 되겠지

※ 쇼펜하우어 "당신의 거리를 유지하라"에서 인용

용궁리 백송 나무

신암면 용궁리 추사 고택 뒤란에
200년 세월을 지켜온 백송 한 그루

조선 순조 때
부친 따라 청나라 연경에 갔을 때
품에 지녀온 생명이
빛나는 천연기념물로 우뚝 서 있다

그토록 오랜 풍상을
타국에서 고향하늘 그리며
의지로 견뎌온 세월

청청하던 젊음 사라지고
세 가지 중 한 가지만 오롯이 남아
하얀 한복 한 벌 걸치고
추사의 혼백처럼 우두커니 서서
지나는 객들의 발길을 바라보고 있네

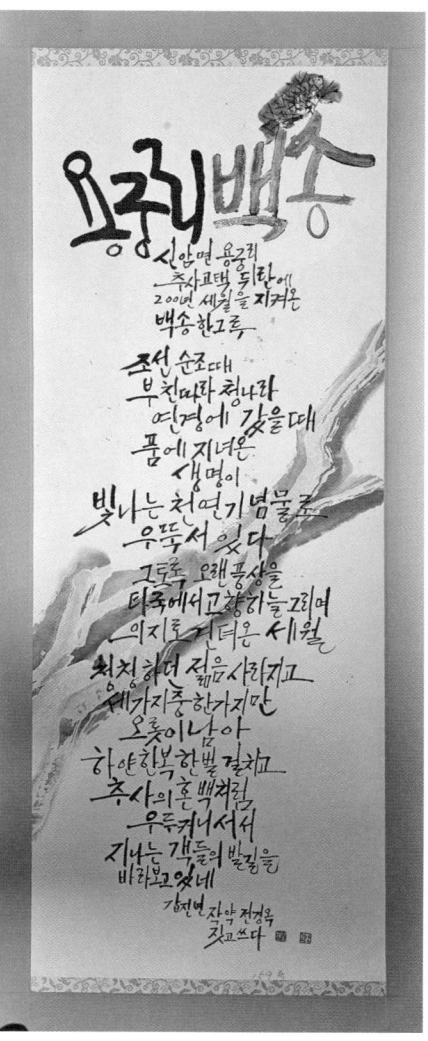

용죽리백송

신안면 용죽리
추사고택 뒤탄에
200년 세월을 지켜온
백송 한그루

조선 순조때
부친따라 청나라
연경에 갔을때
품에 지녀온
생명이

빛나는 천연기념물로
우뚝서 있다

그토록 오래풍상을
타국에 더고향하는그리며
의지로 거더온 세월

칭칭하던 젊은 사라지고
세가지중한가지만
오롯이남아
하얀한복한벌 걸치고
추사의 혼 백겹침
우뚝커니서서
지나는 객들의 발길을
바라보고있네

강전박 작약 전경옥
칫고쓰다

고향 마당

1. 밀대 방석

무더위 자옥한 한여름 밤
마당에 밀대 방석 길게 펴고
모기 쫓는 쑥대 연기
머리 풀고 피어오르면
매캐한 기운에 눈물 찔끔

밀대 방석 길게 깔고
조그만 라디오 앞에
온 가족이 둘러앉아
토끼 귀 쫑긋 세우고
연속 방송극 듣던 밤

2. 옛날이야기

어머니가 조곤조곤 들려주시던
옛날이야기
옥루몽의 용궁 이야기
'구렁동동 신 선비'
산속 호랑이, 곰 이야기, 그리고….

3. 나물 캐러 간 자매

날이 저물어 밤이 이슥해지면
오막살이 불빛만 반짝반짝
그 집엔 하얀 할머니가
손톱으로 만든 반찬, 피 간장

잠든 사이 칼 가는 소리에 놀라
도망치는 이야기 듣다가
식은땀 주르르 흘리기도

4. 옹달샘 등목

한 여름밤 무더위 식히려
어머니와 함께
시원한 샘물 솟아 나오는
옹달샘에서 등목을 하면
어찌나 시원했던지
등골이 달아난 듯

5. 반딧불 놀이

논에 파랗게 줄 맞추어
심어놓은 벼포기 사이
달빛이 내려와 흔들흔들

반딧불이 여기저기서
모여들어 날아다녔지

꽁무니 발광체를 떼어
눈에 붙이고 뛰어놀며
새파란 불빛이 유난히
유령처럼 빛났던
아득한 옛날이 그립다

| 제3부 |

가을

단풍 모자이크

책갈피에 넣어 두었던
고운 낙엽 한 장
추억이 냄새 배어들어
한 그루의 나무가 되었다

나무 그늘 아래 앉아
살아온 지난 세월
한 이파리씩 넘겨 보니

빛바랜 기억 속에
삶의 무게 가라앉아
가슴을 은연히 짓누르지만

낙엽 한장 한장
모자이크된
나의 삶의 무늬가 되어
노을을 감싸 안는다

시우대꽃길에서

찬서리 내리는 밤
폭풍 한설 견디고
50년 만에 피운 대나무 꽃
노고단 별빛 쏟아지던 밤
대꽃 앞에서 멈칫 다가섰네
까치 발로 기다렸는가
꽃물 잎새마다 가냘픈 울게
대꽃 응시하던 눈망울로
남편의 뒷모습 바라보니
실타래 처럼 이어진 한생을
가을볕 벗던 처럼 서로 의지 하며 살아왔네
속살 태운 불꽃 가슴으로
하늘 더듬던 꽃대의 숨결
살포시 미소 짓던 푸른 웃음이
화살처럼 스쳐 지나는데
괘인 구름살에 희끗한 백발이
내 마음을 촉촉이 적시네
내 신우대 꽃은

우리 죄를 사(赦) 하기 위해 예비한
예수의 십자가 인가
"누구든지 나를 따라 오려거든
자기를 부인 하고
자기 십자가를 지고
나를 좇을 것이니라"
그 십자가를 질수는 있을까
신우대 꽃 곁에서

붉은 죄를 한동안 헤아려 본다

이천이십오년
(강약) 전경옥 짓고 쓰다

신우대꽃 곁에서 1

찬 서리 내리는 밤
폭풍 한설 견디고
50년 만에 피운 대나무꽃

노고단 별빛 쏟아지던 밤
대꽃 앞에서 멈칫 다가섰네
까치발로 기다렸는가
꽃물 잎새마다 가냘픈 음계

대꽃 응시하던 눈망울로
남편의 뒷모습 바라보니
실타래처럼 이어진 한 생을
가을날 볏단처럼 서로 의지하며 살아왔네

속살 태운 불꽃 가슴으로
하늘 더듬던 꽃대의 숨결
살포시 미소 짓던 푸르름이
화살처럼 스쳐 지나는데
패인 주름살에 희끗한 백발이
내 마음을 촉촉이 적시네

신우대꽃은

우리 죄를 사(赦)하기 위해 예비한

예수의 십자가인가

"누구든지 나를 따라오려거든

자기를 부인하고

자기 십자가를 지고

나를 좇을 것이니라"

그 십자가를 질 수는 있을까

신우대꽃 곁에서

붉은 죄를 한동안 헤아려 본다

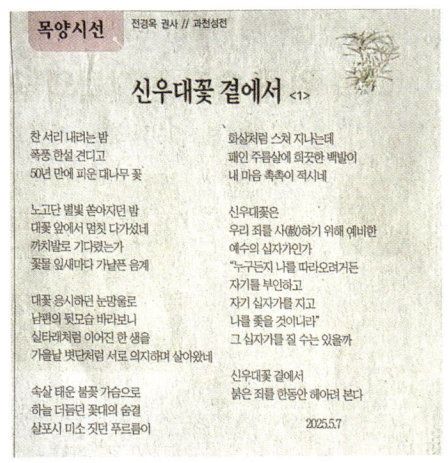

알밤 따라 오는 세월의 오솔길

이웃이 건네준 토실한 밤을 먹으니
뒷동산에 알밤을 줍던
어린 시절이 달려 나온다

아버지가 깎아 주시던
달콤한 맛
산등성으로 날아가는 산새처럼
아득한 전설이 되었다

새 이엉 엮어 올린 지붕에
가을바람 잎 떨구고
빨갛게 매달린 홍시
저녁연기 풀풀 날리던
고향마을

고추잠자리 떼로 날고
가을 들판에 고개 숙인 벼 이삭
산기슭 서걱거리는 갈대의 속삭임

석양에 끼룩거리던 갈매기 떼
벼 줄기에 톡톡거리며
뛰놀던 메뚜기들

행길가 하늘거리던 코스모스
세월의 뒤안길에 묻혀진 시간들
추억이 촉촉이 배어 나온다

추사 고택 뜨락에서

예산군 신암면 용궁리
유서 깊은 추사 고택

안채 수려한 기둥에
선생의 고요한 정신이 깃든 글귀

高會夫妻兒女孫[고회부처아녀손]
최고의 모임은 부부와 자식
그리고 손자와 어울려 사는 것이고

大烹豆腐科講採[대팽두부과강채]
최고의 반찬은
두부와 오이, 생강과 나물이면 족하다

추사 선생의 소탈하고 검소한
삶의 풍모가 가을빛에 고웁다

고요한 뜰 안에는
철 따라 백목련, 수선화가 피어나고
한여름 모란이 지고 나면
가을 국화꽃이 한마당 펼쳐놓는다

추사 고택 뜨락에서

전경옥

예절과 문향의 고장, 예산 용궁리 마을
유서 깊은 추사 고택
안채 기둥세 선생의 정신이 담긴 글귀
최고의 모임은
부부가 아들, 손자와 어울려 사는 것이고
(고회부처아녀손 高會夫妻兒女孫)
최고의 반찬은
두부와 오이, 생강과 나물이면 족하다네
(대팽두부과강채 大烹豆腐瓜薑菜)
추사 선생의 평소 화목하고 소탈한
삶의 풍모가 가을빛에 더없이 곱다
고요한 뜰 안에는
철 따라 백목련, 수선화 피어나고
모란이 지고 나면
가을이 국화꽃 한마당 펼쳐 놓는다

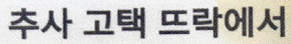

추사 고택 뜨락에서

프로그램명: 문예창작
성 명: 전경옥

제26회 시노인문화예술제 / 대전시노인복지관

61

선명한 실핏줄

플라타너스 잎새
바람 부는 대로
길바닥에 나뒹군다

한 생을 살아내느라
힘겨웠나
구멍 숭숭 뚫린 잎

잎사귀 앞 뒷면
선명한 실핏줄
할머니 손등 잔주름 닮았다

직립으로 서서
겉옷 벗어 던지고
새하얀 알몸이 되어
긴 세월 속을 앓고 있다

널따란 잎새
풀이 죽은 갈색빛
바람이 숨 한 줌 불어 넣으면

취한 듯 비틀거린다
흰 눈 내리면
그때 포근히 잠들겠지

마른 잎새 하나 품어와
하얀 도화지에
실핏줄 잎새에 넣으니
생명의 온기가 흐른다

세월의 오솔길

뒷동산에서 알밤 줍던
새파란 어린 시절

주운 밤 깎아 주시던 아빠
달콤한 맛
날아가는 산새처럼
아득한 전설이 서려 있다

새로 이엉 올린 노란 지붕 위로
저녁연기 풀풀 날리던 고향마을
가을바람 잎 떨구고 매달린 홍시

길가 서걱거리는 갈대의 속삭임
가을 들판에 고개 숙인 벼 이삭
파란 하늘을 날으는 고추잠자리들

벼 줄기 사이로 톡톡거리며
메뚜기들 한가로이 뛰놀고
석양에 끼룩거리던 갈매기 떼

행길가 코스모스 하늘거리고
세월의 뒤안길에 묻힌
추억들이 촉촉이 배어 나온다

신우대꽃 곁에서 2

가녀린 몸으로 찬 서리 내리는 밤
폭풍 한설 잘 견디었는가
울듯 웃을 듯 50년 만에 피운 대꽃에

노고단 별빛이 쏟아지던 밤
네 곁을 무심코 스치다가
대꽃 앞에서 멈칫 섰네
너는 우리를 만나려고 까치발 들고 기다렸는가
신우대 첩첩 꽃물 잎 잎마다 가냘픈 음계

대꽃 뚫어지라 응시하던 눈망울로
남편의 뒷모습 바라보니 겨울나무라
몇 생의 실타래로 이어진 그대와 나
가을날 볏단 서로 기대듯 의지해 볼까

속살 태운 불꽃 가슴 한쪽에
하늘 더듬던 꽃대 흔들리는 숨결로
살포시 미소 짓든 푸르름이 쏜 화살
세월은 주마등처럼 스쳐 지나는데
패인 주름살에 백발이 먼저 와

마음이 촉촉하네

신우대꽃은
우리 죄를 위해 성대한 장례식을 예비한
예수의 십자가인가
누구든지 나를 따르려거든
자기 십자가를 지고 오라
잠시 잠깐 그 십자가를 질 수는 없을까
신우대꽃 곁에서 오랜만에
붉은 죄를 생각해 보았다

환상의 숲 곶자왈

서귀포 대정리 마을 곶자왈
삼광조 팔색조 동박새
환상의 숲에 사는 새들
날개를 펴고
외로운 몸짓으로 유유히 난다

숲을 이뤄낸 남매의 아버지
뇌경색으로 몸이 마비되어
별안간 무너져 버린 삶을
일으켜 세운
모든 것을 포기하고 들어온 숲을
일으켜 세운
작은 생명들의 눈물겨운 이야기
돌 틈에 뿌리가 내리고 잘려도
억척으로 살아온 끈질긴 생명력

살아야 한다 어떻게든 살아야 한다
넘어지고 깨어지며 맨손으로 길을 냈다

곳자왈 숲을 걷는다
나무는 죽어서 흙으로 돌아가
새 생명을 키워내는
희생정신을 떠올리며
숲길을 묵묵히 걸어 나왔다

황새 부부

예산 광시면 황새 공원 마을
그물 드리운 사육장 안에
황새들이 유유히 걸어 다닌다

황새는 암컷이 짝을 고를 때
힘센 수컷을 시험하느라
민황이 만황이
셋이서 먼 길 여행 떠난 후
힘이 센 황새로
짝을 선택하고

새끼를 낳아 키울 때
둥지를 만들고
물을 먹이고 먹이를 잡아줄 때
역할 분담을 한다니
인간보다 지혜로운 존재 같다

몇 년 전 충북 음성에서
발견된 천연 황새 한 쌍

수컷은 밀렵꾼에게 잡혀 죽고
남은 암컷도 폐사되어
토종 텃새인 황새는 사라진 현실

들판에서 하얀 두루마기 걸치고
의연히 서 있던 추억의 황새
그 모습 사라진 지 오래
보존하려니
갇혀 사는 모습이 안쓰럽다

예산 광시면에는
연구도 하며 정성 들여 키우는 덕에
푸른 하늘에 황새들이
자유롭게 날아다닌다

만경대의 눈

겹겹이 둘러싸인
산들이 평화로이 잠들어 있네

가을 하늘에 햇살 내려와
시들하던 풀꽃들은
가을바람이 온몸을 씻어낸다

호수에는 윤슬이 퍼덕거리고
오리들 짝지어 정겨운 유영을 한다

뚝방길을 거니는 사람들
헝클어진 하루
마름질하는 동안
더위는 멀리 뒷걸음친다

걷는지 뛰는지 별반 다름없는
구부정한 노인의 걸음걸이
그래도 남은 세월 이기려고
쉼 없이 걷고 또 걷는 모습들

내 젊은 날을 회상하며
그 모습을 물끄러미 내려다본다

| 제4부 |

겨울

숨이 모인 쉼의 정원

화산 활동의 흔적인가
검은 바위틈 숲속
물기 어리고 이끼가 쌓인
그윽한 숨도 정원

식물의 뿌리들이
얼기설기 끈질기게
생명의 눈을 틔운다

소란한 일상에서
잠시 비켜앉아
느낄 수 있는 공간

동백꽃 정원에
붉은 꽃들의 미소가
고개를 뚝뚝 떨군다

사잇길을 누비며
딸과 행복한 시간을
한 아름 껴안고 머물렀다

＊숨도 정원 : 제주도 서귀포에 있는 숲 박물관

세한도의 빛

제주도 대정리 고산촌
추사 선생의 유배지에
가시울타리 오두막집

유배 간 선생을 잊지 않고
의리를 지켜온 제자 이상적

남해에서 오백 리 뱃길을
아홉 차례나 오가며
서적과 필묵을 전했단다

추사는 늘 잊지 않고
의리와 절개의 상징인
한겨울 송백(松柏)을
화폭에 담아
제자 이상적에게 건넸지

그들의
사랑과 우정이
별빛처럼 빛나고
태양처럼 뜨겁다

블레드 호수

만년설 품은 알프스 산 아래
자리 잡은 푸른 호수
플레타나 나룻배를 타고 건너
블레드 성 아흔아홉 계단을 오른다

천년 고성에 올라
소원의 종을 친
어떤 애절한 사연이 있을까

섬을 한 바퀴 돌아
청정한 공기 한 사발
그리고
이국의 향긋한 커피 한 잔

습습한 흙길
무성한 나뭇잎 사이
설핏 보이는 오만한 심성
맑은 옥빛 물결에 던진다

흘러간 시간 속에서
부서진 마음을 어루만지며
햇살 가득 한 아름 안아 본다

옛 그리움에 비추는
호수를 거울삼아
누에고치로 비단을 짜듯
내 마음에 한올 한올 엮는다

＊슬로베니아 육지 내에 있는 유일한 호수

어머니의 눈빛

눈발 날리던 때늦은 삼월
삼 남매 남겨두고
산새들 울음소리 들락이는
대율리 야산
삐비 싱아 무성한 산자락
청산의 품에 드신 어머니

그날은 신비한 오색구름 속
석양의 금빛이 빛나고 있었지요

어제는 봉분 위 잔설을 쓸어내며
어머니 얼굴 그리다가
눈꽃 발자국만 남기고 돌아왔어요

옛날 외손주들 보러와
겨우 하룻밤 묵으시고
손 흔들며 문밖을 나서시던 어머니

미소와 생전에 남기신
말씀 한마디 한마디가
힘들 때 금언이 되어
텅 빈 내 가슴에 늘 반짝입니다

생전에 사시던 옛집에는
닳고 헤진 성경책만 홀로 남아
방문할 때마다
날 우두커니 바라봅니다

양재천 오리 가족

어미 오리가 새끼오리
10여 마리 거느리고
깃털을 쉼 없이 쪼고 있다
앞으로 그렇게 살아야 한다고
무언으로 가르쳐 준다

우리가 부모님을 기억하며
살아가듯이
자녀들에게 모범을
보이며 살아간다

어린 시절
겨울 새벽에 아버지가
창문을 활짝 열어 놓으면
너무나도 싫었다
이젠 아버지와 똑같이
일찍 일어나
창문을 열어 놓는다

새끼 오리들이
어미를 닮아가듯
나도 아버지를
닮아가고 있다

오일장 가던 길

눈이 풀풀 내리던 날
앞뜰에 까마귀가
나뭇가지에서 까악거린다

어린 시절 엄마 따라
결성 오일장 가던 일이 떠오른다

땅거미 질 무렵
집에 돌아오는 길가에
움푹 패인 커다란 흙구덩이

6 · 25 때 북한군이
무고한 주민 100여 명을 끌어다
학살해 매장한 곳이라 한다

섬뜩한 마음에
빠른 걸음으로 그곳을 지났다
전쟁 영상을 볼 때마다
고향길 구덩이가 성큼 떠오른다

요즘 계엄령 관련 사태로
광화문과 지방 도시 곳곳에서
군중들의 피를 토하듯
울부짖는 소리가 드높다

좌파, 우파 진영 논리로 갈라져
나라가 풍전등화 같은
위기로 치닫고 있는 시국

이제 각자 제자리로 돌아가
서로 다른 생각을 존중하며
함께 나라 사랑하는
그런 세상이 되었으면 좋겠다

겨울 이야기

어린 시절
매봉산 산허리 휘감고
눈발이 하염없이 흩날린다

얼음장 밑 귀청을 울리던
개여울 물소리
가녀린 송사리 떼
알몸으로 벌벌 떤다

뒤란 장독대 위
밤새 소복이 쌓인 눈
아침 햇살이 눈 부시다

문살 틈으로 파르르 떠는
문풍지 사이 희뿌연 먼지
햇살에 또렷이 비친다

따스한 물에 감은 머리
매서운 추위에
자잘한 고드름이
대롱대롱 맺힌다

쩔걱쩔걱 문고리에
손이 달라붙던
매서운 추웠던 기억이
평생을 뇌리에 기웃거린다

부엌에서 자욱한 연기에 눈물 흘리며
아랫목을 덥혀 주시던
어머니의 애틋한 사랑이
눈가에 소롯이 맺히는 아침이다

추억의 썰매

오빠가 만들어 준 썰매
어깨에 메고 찬바람 가르며
꽁꽁 언 물 댄 논 얼음판으로 달려간다

못을 박아 이은 널빤지 바닥
굵은 철삿줄 넣어 만든 썰매

꼬챙이가 달린 두 개의 막대기를
양손에 잡고
얼음판을 찍어 밀며 앞으로 나간다

찬바람을 가르며 씽씽 내달리다가
엉덩방아를 찧기도 하지만
밥 먹으라고 엄마가 부르는 소리마저도
들리지 않는 신나는 놀이가 되었다

찬바람에 얼굴이 벌겋게 달아오르고
두 손이 바들바들 곱아도
마냥 흥겨우니 시간 가는 줄도 몰랐다

얼음이 깊이 배겨 감각이 둔해진 발
뜨거운 아랫목에 넣어 풀어보지만
동상에 걸려 가려움증을 참을 수 없었다

엄마는 텃밭에 나가
바짝 마른 가지 대를 뽑아다가
가마솥에 넣고 우려낸 물을 식혀

그 물에 발을 담가
살 속에 박힌 얼음을 빼기도 했다
겨울이 되면 다시 썰매 타러 나가곤 했지

추억의 썰매를 남겨준 오빠는 없지만
나는 오늘 하루도

썰매를 타듯 세상을 살아간다

한경면 곶자왈 환상 숲 2

용암이 분출되어 흐르던 곳
식물이 함께 살며
형성해 놓은 원시림

곶자왈 환상 숲에 사는 새
삼광조 팔색조 동박새들
날개를 펴고
외로운 몸짓으로
유유히 먹이를 찾아 나른다

뇌경색으로
마흔일곱에 남매의 아버지는
별안간 오른쪽 몸이 마비되고
갑자기 삶이 무너져 내렸다

모든 것을 포기하고 들어온 숲
작은 생명들의 이야기

돌 틈에 뿌리를 내리고 잘려도
또 자라는 억척스러운
생명력의 나무들

살아야 한다
넘어지고 깨어지며
왼손으로 길을 냈다
3년이 지나자 몸도 마음도
완전케 되었다

큰딸과 환상적으로 보이는
곶자왈 숲을 걷는다
나무는 죽어서도 흙으로 돌아가
생명을 키워내는 희생을 떠올리며
숲속을 유유히 걸어 나왔다

겨울날의 속삭임

이른 아침 창문을 열었다
창밖은 온통 동화의 나라
나뭇가지에도 차량에도
백설이 소복이 덮여있다

건너편 산허리 휘감고
목화송이 같은
눈발이 청승스레 휘날렸다
시린 나뭇잎에 내린 눈
뒤란 장독대에도 소복이 쌓였겠지

어릴 적 감은 머리에
잔 고드름이 매달려 대롱거리고
문고리에 손이 쩔걱쩔걱 달라붙던
매서운 추위
겨울 이맘때가 되면
눈가에 갸웃이 피어난다

불 지핀 생솔가지 매운 연기로
눈 비비며 밥 지으시던
어머니의 따스한 사랑이
고향길 검은 가지에
까치밥으로 남은 홍시 같다

홍시 품은 까치

앙상한 가지 끝에 빨간 홍시
한 생을 보내고
붉고 푸른 잎을 떨군지 오래다
감들이 알몸을 드러낸다

배고픈 허기 달래려
감나무에 까치가 날아와서
주위를 살피며
재빨리 쪼아먹는 홍시

홍시를 이쪽저쪽
번갈아 가며 쪼아먹는다

선산에 감나무 한 그루
빨간 홍시가 주렁주렁
높은 꼭대기에 올라가
홍시 따 주시던 어머니

잎은 피고 지고

홍시가 매달려 까치밥이 되어도

오시지 않는 어머니

| 제5부 |

기타

그곳에 가면

월정역 앞

현판에 새겨진 간절한 소망

휴전선 비무장 지대

철새들은 계절 따라

바람결 타고 남과 북이 오고 가는데

한겨레 한 핏줄 등 돌린 슬픔

경원선과 경의선

발길 끊긴 지 70여 년

녹슨 철길에 앙상한 잔해

부서진 화물열차가 말없이 누워있다

월정 역 너머로

땅거미가 가뭇가뭇 내린다

동족상잔의 비극이 다시는
일어나지 않기를
천리마는 달리고 싶다

과천의 풍경

관악산 연주암
높이 솟아
바람 구름과
이야기 나누고

한강 물 그리워
찾아가는 양재천
물오리 가족들
오붓이 노닌다

청계산 아래
대공원 행락객
웃음꽃 만발하고

경마장 경주마
쇠 말굽 소리에
과천의 심장이
뜨거워진다

시작

청계산 만경대 아래
겹겹이 둘러싸인 작은 산들
평화로이 잠들어 있네
파란 하늘에 햇빛
시들하던 풀잎들도
서늘한 가을바람이 온몸으로 안는다

호수에는 윤슬이 반짝이고
오리들 짝지어 물결 따라
유영한다

뚝방길 산책하는 사람들
하루를 짜깁기하느라 안간힘 쓴다
더위는 뒷걸음으로 물러나고

걷거나 뛰거나 별반 차이 없는
시니어들의 벅찬 일상
그래도 힘차게 살아보려고
걷고 또 걷는다

뚝방길 벤치에 앉아
심호흡하고
젊은 날을 회상해 보며
하루를 시작한다

세미원의 미소

두물머리 세미원 뜨락
홍련과 백련의 눈빛
생긋 웃으며 반긴다

수면 위 고운 미소
목울대를 길게 뻗어
꽃봉오리를 밀어 올린다

풍성한 연잎에 물방울
조르르 털어내고
홀가분히 서 있다

비를 맞으면 살짝 피어나고
어둠에는 꽃잎을 오므린다

흙탕물에서 자라지만
때 묻지 않은 고고한 자태
무더위 이고 피는 꽃

호젓한 시간 피어나는
순백의 붉은 연꽃
불볕더위 거뜬히 이겨낸다

세속에 찌든 갖은 상념들
연잎에 얹혀있는
물방울 털어내듯
홀가분히 흘려보내리라

뜸부기 같은 사랑

철새 도래지 천수만
새들의 비상

버드랜드 입체 4D 영상관
가창오리 떼 파닥파닥
힘찬 날갯짓

첫 날갯짓 하늘에 신고자
피눈물의 시련
붉은 이슬빛 가슴을 적신다

시인은
얼마나 긴 세월을 날갯짓 해야
푸른 하늘을 날 수 있나

길 잃고 헤매는 어린 뜸부기
제 새끼처럼 키워준 은공으로
어미 새 위험에 처하자

새끼 뜸부기
적을 따돌리기 위해
온 힘을 다한 목숨 건 질주

은혜를 갚으며 살아가는
자연의 섭리
사람보다 더 뜨겁다

만경대를 펼쳐 보다

만경대 허리 품어 안은 운무(雲霧)
어디선가 천사가 나타난 듯
하얀 날개를 펼친다
운무 아래 펼쳐진 세상

대공원 미술관
기억 속에 떠오르는
전시관의
세잔, 고흐, 모네 그림들

만경대 아래 대공원 호수
수면 위로 날아든
물오리 떼 돛단배 띄우고
은빛 윤슬 스치며
왜가리 날갯짓이 넉넉하다

새벽 나절 하늘 닿은 운무 속
딴 세상을 거닐다 보니
일상에 젖은 시름
푸른 향기에 씻으며

내 영혼의 자유

한 마리 산새 되어

홀가분히 창공을 날아다닌다

※ 만경대: 과천 청계산에 있는 높은 산봉우리

몽골의 그리움

훤칠한 키에 서글서글한 표정
한국어에 능숙한
남성 가이드가 우리를 안내한다

미니버스를 타고 한 시간가량
너른 초원을 달렸다
말들이 자유로이 풀을 뜯는 모습

국내에서 보던 야생화가 반긴다
느긋한 편안함이
우리들 가슴에 포근히 내려앉는다

여기저기 둥그런 게르 지붕
기암괴석과 거북바위
뺑 둘러서 있어 신기한 풍경들

우리 일행이 짐을 풀었다
이색적인 공간에서
첫 밤을 보내는 낯선 경험이다

게르안 식탁 위에
차려진 말고기찜에
된장찌개와 김치가 곁들여 나온다

젓가락으로 맛을 보니
마치 우리 일상의 음식처럼
너무나도 익숙한 느낌에 놀라웠다

날이 저물자
옥빛같이 푸른 하늘에
북두칠성, 오리온, 금성이 선명하다

이국땅이지만 옛 고향에 와 있는 듯

침묵 속의 자유

충남 홍성군 결성에서 태어나
승려이자 시인이며
독립운동가로 평생을 살았던
만해 한용운 선사

일제 강점기 암울한 시대에
고향을 뒤로하고
백담사로 들어가
연곡 스님을 만나
설악의 바람에 아픔을 씻어내고
계곡 물소리에 고독을 비워내며
묵묵히 불자의 길을 걸어간 위인

"마음 머무는 곳이 곧 고향"이라며
현실의 고뇌를 깨달음으로 바꾸어
스스로 한 줄기 커다란 빛이 되었다

눈보라 속에서도 매화가 피어나듯

자유란 외침으로 얻어지는 것이 아니라
조용히 견디어 내는 힘임을 깨닫고
"님의 침묵"을 통하여
고난의 시대를 헤쳐온 큰 별이 되었다

가을빛 깊어가는 남한산성
만해 기념관 앞에서
커피 향 낙엽을 밟으며
그의 고결한 숨결을 떠올려 본다.

외손녀와 소통

수능 시험을 앞두고
가족들이 불안에 싸여있다

외손녀는 좌우명이 있단다

모사재인(謀事在人) 성사재천(成事在天)
일을 꾀하는 것은
사람에게 달려 있지만
그 일이 이루어지는 것은
하늘에 달려 있다

캘리그라피로 시 써놓은 것을 읽어보며

〈봄날이 그립다〉

외할머니 시 진짜 잘 짓네
외손녀가 인정해 주니 힘이 난다
네가 입시 공부하는 것처럼
시나 수필 쓸 때는

밤을 낮 삼아 연습하곤 하지
저절로 이루어지는 것은 없어
나도 작가가 되고 싶어
입시 끝나면
글 잘 쓰도록 이끌어 줄게
사랑해!

시험 잘 봤니?
응! 나쁘지 않아
탐구만 좀 올리면 될 것 같아
고생했다 사랑해
헤헤 나도

양재천 새벽 산책하며
잉어 헤엄치는 동영상 보냈다
외할머니 새벽부터 부지런하네
하하 고마워!

시집 표지 몽골 그림을 보며
누가 그린 거야?
몽골 화가가

우리는 가끔 소통하며
위로한다
세연아! 할머니는 널 믿어

플라스틱

이세연
부흥고등학교 2학년

낡고 넓은 우주의 귀퉁이, 지구
지구에 사는 우리들

만 년 동안 가꾸어 온
집이자
고향이자
마음의 안식처

개인은 전체의 과오로
이 지구를 버렸습니다

당신도 죽기 직전까지
플라스틱에 둘러싸여
휘황찬란한 삶을 살겠지요

이건 당신의 선택이 아닙니다
눈부신 발전을 이룬 인류의 잘못입니다

그리움 저편에서

멀리 태평양 바닷가
바라다보이는 언덕
고요함이 둘러싸인 숲속

까마귀들이
자유를 찾아
먹이를 찾아
숨 가쁘게 날아다닌다

어두움이 몰려오는 저녁
자그마한 호수에는
잔잔한 은물결이 번득인다

바람에 흔들리는 나무 잎새들
내 마음에
그리움이 다가와 속삭인다

가로등 불빛이 하나, 둘
눈을 뜨고
대지는 침묵 속에 잠긴다

스마트폰의 노예

출근 시간
전철로 급히 경쟁이라도 하듯
모두들 내달린다

콩나물시루에
밀고 밀치고 탄 후에는
약속이라도 한 듯

귀에 이어폰 꽂은 채
스마트폰에서 눈을 떼지 않는다
전자파가 공중 위로 날아다닌다

건널목에서도
자전거를 타면서도
운전을 하면서도

위험한 줄 알면서도
말해주는 사람도 없다

손에 책 한 권씩 들고
뒤적이던 모습
옛날 전철 안 풍경이 그립다

낯선 곳의 쉼표

하늘에 새털구름 흐르고
골프장 근처 양미역취꽃이
무성한 군락을 이루고 있다

낯선 곳에서 한가로이
내 가슴에 꽃들이 핀다

마음 한구석 문득
내일은 교회에서
부부가
40년 근속상과 전도상을
받는 날인데
멀리 여행지에 와 있으니

그 영광스런 자리에
부부가 함께 참석치 못하게 되어
송구하다는 생각이 스친다

위로라도 하듯
강물을 건너는 홀에서

행운의 버디를 안겨주었다

동료 회원들로부터
박수 소리가 터져 나왔다

저녁해는 산마루에 걸리고
가로등이 하나, 둘
내 마음에 등불을 밝혀 준다

| 추억이 머물러 있는 그곳에 |

Galaxy Z Fold6
2025년 7월 12일 오후 1:40

To be mature means to face,
and not evade,
every fresh
crisis that comes.
– Fritz Kunkel

성숙하다는 것은
다가오는 모든 새로운 위기를
피하지 않고 마주하는 것이다.

-알 문이 터지는 영어, 전경욱

Alice.

어느 날 막내딸이 영상을 보내왔다.

6세인 외손자의 영어 연습하는 장면이다.

긴 영어문장을 외우느라 애쓴다.

얼마나 힘에 겨울까?

이현이가 트로피를 꼭 받고 싶단다.

얼마 후 트로피를 받고 기뻐하는 모습을 보았다.

외손자의 열심 있는 모습을 보고 나도 영어반에 등록을 했다.

131

봄비

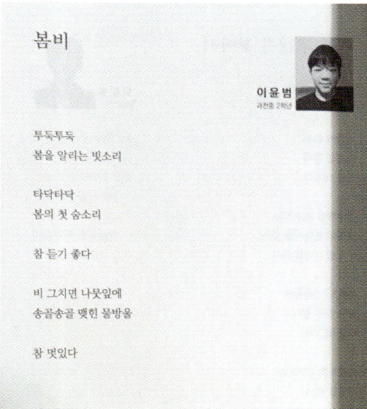

이윤범 과천중 2학년

투둑투둑
봄을 알리는 빗소리

타닥타닥
봄의 첫 숨소리

참 듣기 좋다

비 그치면 나뭇잎에
송골송골 맺힌 물방울

참 멋있다

표창장

제74-0055호

전도상

파천 2교구

성명 전 경 옥 수석구역장

위 사람은 구역장으로서 구역의 부흥
발전에 공헌한 바 지대하였으므로
이에 표창장을 수여합니다.

주후 2025년 10월 20일

예수교대한 하나님의 성회 은혜와진리교회
당회장 목사 조 용 목

많은 사람을 옳은
로 돌아오게한 者는
별과같이 永遠토록
비취리라

다니엘12장3절

근속패

파천성진 2교구
성명 전경옥 수석구역장

귀하는 본교회에서 구역장 직분을 받고
오늘까지 40년 동안 한결같이 맡은 일에
충성하여 복음 전파와 성도 섬기는 일에
본이 되었습니다. 이에 귀하의 공로를
치하하며 또한 성도들의 사랑과 존경의
뜻을 이 패에 새겨 드립니다.

주후 2025년 10월 20일

예수교대한 하나님의 성회 은혜와진리교회
당회장 목사 조 용 목

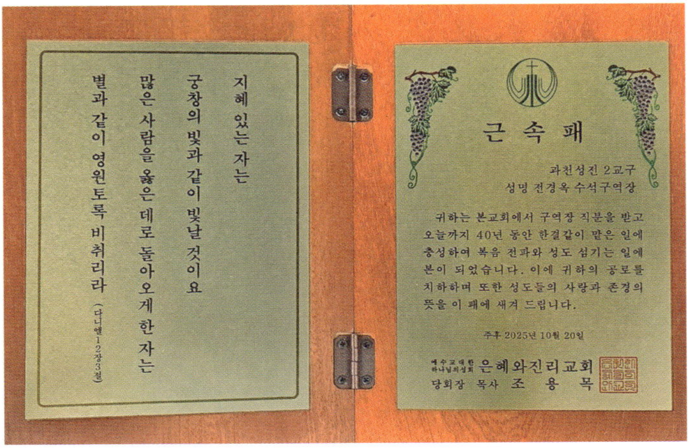

지혜 있는 자는
궁창의 빛과 같이 빛날 것이요
많은 사람을 옳은데로 돌아오게 한 자는
별과 같이 영원토록 비취리라 (다니엘12장3절)

작품해설

풍경을 열어서 세상을 만나다
-자연과 인간 위에 피어난 '여행의 시학'

김 종/시인, 화가, 서예가

전경옥의 제4시집『몽골 초원의 눈빛』은 단순한 여행의 기록을 넘어 시인의 인생과 자연, 신앙과 예술 그리고 이에 딸린 가족사를 아우르며 서정의 언어 세계를 통합적으로 펼쳐낸 도록이다. 전경옥 시인의 이 같은 서정적 여정에는 개인의 역사와 신앙에서 우러난 삶의 궁극적 성찰 또한 담고 있다.

세속적 여정에서 영혼의 여정으로

시인은 '삶의 회고와 신앙의 시학'을 지향하면서 아름다운 무늬를 짜듯 시어를 엮어내고 있다. 외형상으로는 여행시의 성격을 띠지만 실제에 있어서는 신앙과 더불어 자연과 인간에게 몸 바쳐온 시인의 그간의 세월에 대한 '영혼의 순례록'이라 할 수 있다. 몽골 초원, 슬로베니아 블레드 호수, 말레이시아 골프장, 과천 만경대, 제주 숨도 정원 등등 현실적 지명이 잇따라 등장하지만, 이들은 시인의 내면을 비추는 한 부분 한 부분의 풍경으로 이해해도 좋을 것이다.

전경옥의 언어는 화려하기보다는 담백, 절제되어 있으며 감정의 폭발 대신 조용한 직시와 명상적 어조로 자신만의 세계를 펼치고 있다. 이 시집에서 특히 주목할 점은 '공간의 확장과 정서의 통합'이라는 점이다. 몽골의 대자연, 블레드 호수의 고요, 추사 고택의 정적, 월정역의 분단 등등의 풍경이 하나의 통일된 시적 의식으로 엮여져 있기 때문이다. 시인은 외국의 풍경과 한국의 산하를 별개로 보지 않고 지구적 생명감 내지는 색채감으로 연대하여 자신만의 시적 평원을 응시하고 있다.

시인의 시선은 언제나 따뜻한 인간의 체온을 유지하려한다. 전쟁과 분단에서 야기된 상흔, 자연 속에 자행된 파괴, 생태계의 훼손 등을 목도 하면서 비탄에 머무르지 않고 이에 따른 회복과 희망의 가능성을 노래한다. 그런 의미에서 그의 시는 '탄식의 시'라기보다는 '위로의 시', '절망에 침잠하기보다는 몸을 일으키는' '회복과 희망에 나아가는 시'를 지향하고 있다. 시집의 마지막을 장식한 「신우대꽃 곁에서」는 신앙적 시선을 견지하는 한편으로 삶과 죽음, 죄와 구원을 제시하고 있다.

그런 의미에서 이번 시집은 "세속적 삶의 여정에서 영혼의 여정으로 옮겨간 도록"이라는 명명이 타당할 것이다. 요컨대 "자연과 인간, 신앙과 예술, 기억과 그리움이 하나의 순례길로 이어진 기록"이라는 의미이며 전경옥 시인의 내면적 성숙과 예술적 통찰이 집약된 언어세상의 결정체인 셈이다. 다양한 장소-두만강, 만경대, 몽골 초원, 알프스, 블레드 호수, 말레이시아, 제주도 등-와 사건-6·25 전쟁, 산불, 농사일, 가족사 등-속에서 시인은 체험의 감각을 시적 이미지로 포착해 내면서 거기에서 느낀 서글픔이나 향수, 그리고 희망까지를 한자리에 담아내고 있다.

특징적으로 그의 언어와 생각은 구체적 묘사와 이야기 위주의 회상으로 독자와 직접적으로 교감한다. 장소와 기억이 맞물리는 구조를 통해 시적 압축을 도모하고 감정과 사유의 깊이를 은유적으로 변환하는 높은 밀도를 보이고 있다. 시인은 여행지를 단순 관광의 공간이 아닌 삶과 시간, 인간의 근원에 대한 사유의 장으로 삼았다. 몽골 초원의 광활함과 블레드 호수의 잔잔한 물결 그리고 말레이시아의 새소리, 추사 고택의 전원적 고요함 등등에서 만났던 '풍경의 내면성'을 구체적 이미지로 형상화한다. 언어는 담백하지만, 감정의 흐름은 청아하여 그 속에서 종교적 가르침과 인간적 따스함을 미학의 중심으로 삼고 있는 것이다.

눈앞에 얼기설기 쳐놓은 철책선
핏빛으로 물들었던 6·25 전쟁
눈앞에 두만강이 무심히 흐른다

연변 자치주 도문 땅에서
두만강 건너편에
지척인 북한 땅을 바라다본다

전시용으로 꾸며놓은 북한 마을
역사의 아픈 상흔이
가슴에 서글픔으로 밀려온다

"그리운 내 님이여, 그리운 내 님이여!"
노 젓던 뱃사공도
목메어 울부짖던 유행가 가사처럼
70년의 세월이 훌쩍 지나
어느새 내 나이 되었구나

모질고 거친 세파 헤치고
여기까지 왔는데
얼어붙은 북한 땅이 풀릴
자유의 새봄은 언제나 오려나

　　　　　　　　　　　　－ 〈두만강은 흐른다〉

　〈두만강은 흐른다〉는 이번 시집에서 역사적 울림이 큰
작품이라고 할 수 있다. 이 시는 단순히 하나의 강 풍경을
노래한 것에 그치지 않고 분단의 현실과 세월의 무게 그

리고 평화에 대한 염원 등을 절절한 어조로 담아내고 있다. 작품은 시의 도입부부터 "눈앞에 얼기설기 쳐놓은 철책선/핏빛으로 물들었던 6·25 전쟁/눈앞에 두만강이 무심히 흐른다"라며 간단없는 시적 긴장과 그 밀도를 높이고 있다.

특히나 이 작품은 '얼기설기' '핏빛' '무심히' 등 어휘의 구사에서부터 눈여겨볼 만하다. 역으로 두만강의 흐름이 고요하기에 전쟁의 상흔과 이에 상응한 인간의 무력감을 더욱 뚜렷하게 드러내는 것 같다. 시인은 이 작품에서 자연과 역사, 현재와 과거를 한 화면 안에 압축해 내면서 관조의 시선으로 경계의 시학을 꾀하고 있다. 그리고 "연변자치주 도문 땅에서/두만강 건너편에/지척인 북한 땅을 바라다본다"에 오면 지리적 구체성이 국토에의 현장감을 더한층 강화하는 쪽으로 드러난다. '북한 땅'은 손에 닿을 듯 지척이지만 결코 다다를 수 없는 거리임은 물론이고 물리적 의미 또한 분단의 정서로 이어지고 있다.

그곳에서 시인은 한 민족의 단절을 마주한 한 사람의 목격자이면서 아이러니하게도 기억의 노래가 된 "노 젓던 뱃사공도/목메어 울부짖던 유행가 가사처럼/70년의 세월이 훌쩍 지나/어느새 내 나이 되었구나"라는 대목에 이르면 강물은 흐르지만, 작품의 전후나 개연성에 비추어 그 표현 또한 인간의 세월과 무관하지 않다는 것이다. '유행가'라는 대중문화의 이미지가 민족적 비극의 정조와 맞물리면서 세월의 무상함을 담담히 드러내는 것도 이채롭거니와 '어느새 내 나이 되었구나'라는 자탄에 이르면 이에서 느끼는 삶의 무게 또한 고백처럼 절절한 것을 볼 수 있다. 작품은 마지막에 와서 "얼어붙은 북한 땅이 풀릴/자유의 새봄은 언제나 오려나" 등 한탄 섞인 '기다림'보다 강한 '절망'의 언어로 시작품은 마무리에 든다.

'언제나 오려나'라는 기다림 속에는 일부 낭만성도 읽히지만 70년 세월을 견뎌낸 화자의 조용하지만 확고한 소망 또한 담겨 있는 것을 볼 수 있다. 그 같은 소망은 흐르는 강물이다가 결국은 바다로 나아가는 자유와 통일에의 염원을 읽을 수 있고 어느 때고 멈출 수 없는 우리들의 하늘 같은 소망임을 상징하는 듯하다. 이 시는 6·25 전쟁의 참혹한 기억과 두만강의 풍광을 가감 없이 병치하여 역사와 지리적 긴장감을 표현하는 동시에 '얼기설기 철책선'의 차가운 금속성과 '핏빛'으로 물든 전쟁 이미지가 독자의 감각적 긴장감을 견인한다. 전시용으로 꾸며진 북한 마을과 노래 가사의 인용 등도 인위적 연출과 진짜 비극 사이에 더 큰 서글픔을 불러일으키고 70년이라는 시간의 비약이 화자의 세월과 겹치면서 전쟁이 개인 생애의 전환점과 동일선상에 놓이는 것임을 알 수 있다.

마지막 행인 '자유의 새봄'은 매우 선언적인 이미지로 다가오고 앞선 이미지들을 감각적으로 지탱하는 것 또한 확인할 수 있다. 〈두만강은 흐른다〉는 6·25 전쟁의 상흔과 분단의 아픔을 '두만강'이라는 상징적 공간에 녹여낸 이 작품이 과거와 현재의 비극이 두루 화자에까지 이어지는 "70년의 세월"로 다가온다는 설정은 인상적이다. 요컨대 위의 작품은 분단시의 한 전형으로 읽을 수 있고 독자를 향한 감정의 절제가 돋보이는 작품이라고도 하겠다.

운무 속에 천사가 나타난 듯한 신비경을

그러나 시인은 이 작품에서 단순한 비탄에 머물지 않고 "자유의 새봄은 언제나 오려나"라는 기대 섞인 구절로 미래를 향한 언어적 서정성을 보여주고 있다.

만경대 허리 품어 안은 운무
어디선가 천사가 나타난 듯
하얀 날개를 펼친다
운무 아래 펼쳐진 세상

대공원 미술관
기억 속에 떠오르는
전시관의
세잔, 고흐, 모네 그림들

만경대 아래 대공원 호수
수면 위로 날아든
물오리 떼 돛단배 띄우고
은빛 윤슬 스치며

왜가리 날갯짓이 넉넉하다

새벽 나절 하늘 닿은 운무 속
딴 세상을 거닐다 보니
일상에 젖은 시름
푸른 향기에 씻으며

내 영혼의 자유
한 마리 산새 되어
홀가분히 창공을 날아다닌다

＊만경대 : 과천 청계산에 있는 높은 산봉우리

– 〈만경대를 펼쳐 보다〉

위의 작품 〈만경대를 펼쳐 보다〉는 시작부터 "만경대 허리 품어 안은 운무/어디선가 천사가 나타난 듯/하얀 날개를 펼친다"라는 자연적 광경과 초월적 이미지를 현실을 넘어선 풍경과 결합시켜 운무 속에 천사가 나타난 듯한 신비경으로 형상화하면서 독자에게 펼칠 '만경대 아래 또 다른 세계'를 예감케 한다.

"대공원 미술관/기억 속에 떠오르는/전시관의/세잔, 고흐, 모네 그림들"은 이들이 풍경 속 경험과 예술적 기억에 맞물리면서 시인은 자연을 보는 시각이 단순하지 않고 보다 확장된 정신과 감정의 통로를 보여준다. 여기에서 '세잔, 고흐, 모네'라는 구체적 작가명을 나열한 것도 서정적 감정이 시각적 입체적 이미지로 치환된 것으로 볼 수 있고 "만경대 아래 대공원 호수/수면 위로 날아든/물오리 떼 돛단배 띄우고/은빛 윤슬 스치며/왜가리 날갯짓이 넉넉하다"라는 표현으로 호수 위 풍경의 움직임과 '넉넉하다'라는 평면의 서술로 시작품은 '눈에 보이는 풍경이 곧 내면의 평온'이라는 구조적 선명함에 나아간다.

"내 영혼의 자유/한 마리 산새 되어/홀가분히 창공을 날아다닌다"라는 시행이 이 시의 클라이맥스가 되어 자연과 예술 속에서 내면이 해방되는 순간을 포착하는 동시에 운무와 물오리, 왜가리 등 자연물과 그에 따른 이미지가 마지막 한 줄인 '산새'라는 사물의 상징성과 결합 되는 것을 볼 수 있다. 그리고 이 장면은 마치 시인이 직접 공중에서 풍경을 내려다보며 비상하는 느낌을 전달하였고 자연과 예술 속에서 발견한 내면의 자유와 영혼의 해방감이 감각적 언어와 조화되어 있다. 이들을 〈만경대를 펼쳐 보다〉라는 작품과 연계하면서 〈숨도 정원〉, 〈블레드 호수〉에서처럼 자연 속 쉼과 그 회복에 나아가는 〈저 푸른 새들처럼〉, 〈겨울날의 속삭임〉과 같이 내면의 자유와 향수가 자연과 예술, 그리고 영혼까지를 탐색하는 방향으로 자리를 잡았다고 하겠다.

청계산 만경대와 대공원 호수의 풍경을 안개 속에서 감상하는 일을 자유와 해방에 비유한 화자는 요컨대 회화

작품 속의 기억-세잔, 고흐, 모네-을 불러오고 자연 풍경과 이에 따른 예술감상 등을 감각적으로 연결시킨 것도 이채롭다. 호수 위 왜가리와 물오리 떼의 묘사 또한 그 이미지가 동적이며 몸 밖으로 날아오른다는 시적 화자의 '영혼의 자유'라는 의미 또한 경쾌하기까지 하다. 그리하여 구조적으로 순환하는 시선에서 '하늘 - 호수 - 하늘'이라는 늘품 있는 공간감을 만들어내고 있다. 〈만경대를 펼쳐 보다〉는 과천의 만경대와 그 아래 대공원의 풍경으로 자연과 예술 그리고 영혼의 자유를 노래하면서 '세잔, 고흐, 모네'의 회화가 등장하고 이들로 인한 시적 공간이 미술관의 심상으로 이동하는 한편 '운무 속에 딴 세상'을 거니는 것 같은 화자의 모습은 현실 속의 시름을 내려놓는 해방된 모습으로 읽힌다.

강조하거니와 이 작품은 '자연-예술-영혼'의 삼중 교감 구조를 자연 속의 미학적 체험으로 연결하면서 인간의 영혼이 "한 마리 산새 되어 창공을 날아다니"며 자유를 얻는다는 점에서도 풋풋한 자유에의 서정적 갈망이 여실히 드러난 작품이라 하겠다.

> 징기즈칸 공항에 내리자
> 광활한 대자연의 풍광이
> 나를 포옹하듯 품어 안는다
>
> 여름 하늘은 물빛처럼 푸르고

붉강의 대지 위로
하얀 게르들이 흩어져 반짝인다

둥근 게르 지붕 안에는
네 개의 침대가
여행자를 포근히 끌어안는다

해가 지니 차가운 공기가 스며들어
겨울 코트로 몸을 감싸고
몽골의 밤 푸른 꿈속에 젖는다

끝없이 펼쳐진 대지
나무 한 그루, 풀 한 포기 없는
광활한 벌판을 지나니
앙증스런 야생화가 반기고
우뚝 솟은 기암괴석들
동물의 형상으로
여행객들의 눈길을 머물게 한다

저녁 식사 시간
식탁 위엔 말고기 찜, 양고기 찜
이국의 냄새가 코끝에 스며든다

깊어가는 푸른 밤

별들이 하나둘 불을 밝히고
북두칠성, 오리온 좌, 금성, 등
숨이 막힐 만큼 경이로운 빛

그 순간 고향의 어린 시절
산길과 들길을 휘젓고 다니며
나물을 뜯고
염소에게 풀을 뜯어 먹이던
기억이 눈앞에 향수처럼 스쳐간다

- 〈몽골 초원의 눈빛-대자연의 선물〉

〈몽골 초원의 눈빛-대자연의 선물〉은 한편으로는 여행 중에 얻은 도상(圖像)적 기록이면서 기행시의 통상적 범주를 넘어 인간과 자연이 교감하는 감동의 서정시로 자리를 잡았다. 이 작품은 제목이 보여주듯 자연이 인간에게 건네는 순수한 선물과 감동을 정제된 언어로 노래한 작품이다.

"징기즈칸 공항에 내리자/광활한 대자연의 풍광이/나를 포옹하듯 품어 안는다"에서부터 공간의 장대함과 감정의 따스함이 동시에 다가온다. 그러면서 '포옹하듯 품어 안는다'라는 표현을 다시 한번 음미하면서 그 자체만큼 물리적인 장면이면서 동시에 시인의 마음이 그만큼 열려있음을 보여주는 대목이다. "여름 하늘은 물빛처럼 푸르고/볼강의 대지 위로/하얀 게르들이 흩어져 반짝이"
는 시간에 시인은 이국땅을 떠도는 여행자가 되어 자연
의 품으로 돌아왔고 그것들을 바라보는 한 사람의 감상
자가 되어 있다.

　작품은 색채어-'푸르고', '하얀'-와 공간어-'대지', '게
르'-가 시각적으로 어우러지고 '게르'라는 이국적 낯선
소재가 분위기를 더하면서 '반짝인다'라는 구절을 만들었
고 따뜻한 생명감 또한 불어넣고 있다. 작품에서 풍경 묘
사는 단순 기록이 아닌 정서의 반영으로 읽히는 것을 볼
수 있다. "둥근 게르 지붕 안에는/네 개의 침대가/여행자
를 포근히 끌어안는다"라고 하였는데 이는 자연과 인간
의 거리가 하나로 좁혀지는 지점이라는 의미이겠다. 그리
고 '게르'와 '침대'는 전통과 현대, 자연과 인간의 문명이
조화롭게 공존한다는 의미이기도 하다.

　시적 화자는 낯선 공간 속에서도 환대와 휴식을 공유한
다. 그러면서 "깊어가는 푸른 밤/별들이 하나둘 불을 밝
히고/북두칠성, 오리온좌, 금성 등/숨이 막힐 만큼 경이
로운 빛" 등등은 이 시에 하이라이트를 조성하고 있다.
'숨이 막힐 만큼 경이로운 빛'이라는 표현 또한 감탄 이
상의 경외를 담아냈고 자연 앞에서 시인은 자신의 존재
를 삶의 순수에서 되찾고 싶어 한다. "그 순간 고향의 어
린 시절/산길과 들길을 휘젓고 다니며/나물을 뜯고/염소
에게 풀을 뜯어 먹이던 기억이 향수처럼 스쳐간다"는 구
절이 작품을 더욱 여물 들게 한다. 몽골의 대지가 고향의

들판으로 이어지는 것 또한 이채롭다는 생각이다. 이는 자연의 원형이 인간의 본래적 기억과 맞닿는 순간이라는 의미이겠고 시인의 내면 역시 '대자연의 선물'이 자연과 삶의 기억으로 되살아난다고 하겠다.

대지적 광활함과 초원의 서정성

새삼 몽골의 거대 자연과 별빛을 그리면서 이를 고향의 유년적 기억과 중첩 시킨 작품이 '볼강의 대지'와 '흩어진 게르'의 정경을 노래한 〈몽골 초원의 눈빛〉인데 이들의 현지성을 읽으면서 이국적 정감이 하늘의 별자리처럼 또록또록한 감각으로 살아나고 있다. 고향에서 나물 캐고 염소를 풀 먹이던 장면이 몽골의 밤하늘 속 어딘가에 별빛 푸른 향수로 소환된 것이며 여기에 유년과 현재가 하나의 시간 층을 이루면서 대지적 광활함과 이에 깃든 초원의 서정성이 매혹적으로 읽힌다. 이 시집의 제목으로 낙점된 〈몽골 초원의 눈빛-대자연의 선물〉은 몽골의 광활한 대지와 인간의 내면 풍경이 절묘하게 맞닿아 있고 특히 "둥근 게르, 말고기찜, 별빛 가득한 밤" 같은 풍경의 묘사가 구체적으로 현장감을 더하는 것은 물론이다. "고향의 어린 시절을 향수처럼 스쳐간다"는 대목에 와선 여행은 낯설지만, 기억의 심리를 섬세하게 되살린 이국의 대지에서 오히려 '자신의 뿌리'를 발견하는 역설적 사실 또한 흥미롭게 독서했달까.

만년설 품은 알프스 산 아래
자리 잡은 푸른 호수
플레타나 나룻배를 타고 건너
블레드성 아흔아홉 계단을 오른다

천년 고성에 올라
소원의 종을 친
어떤 애절한 사연이 있을까

섬을 한 바퀴 돌아
청청한 공기 한 사발
그리고
이국의 향긋한 커피 한 잔

습습한 흙길
무성한 나뭇잎 사이
설핏 보이는 오만한 심성
맑은 옥빛 물결에 던진다

흘러간 시간 속에서
부서진 마음을 어루만지며
햇살 가득 한 아름 안아 본다

옛 그리움에 비추는

호수를 거울삼아

누에고치로 비단을 짜듯

내 마음에 한올 한올 엮는다

＊슬로베니아 육지 내에 있는 유일한 호수

- 〈블레드 호수〉

　이 작품은 여행지의 풍경 속에서 현실적 삶과 그 내면에 스민 사색을 한자리에서 버무려낸 서정성이 자못 돋보이는 시라 할 수 있다. 〈블레드 호수〉는 시각·청각·촉각이 함께 어우러진 감각적 언어와 그 외유外遊라는 점에서 시인이 비쳐 보인 내면적 치유의 여정이 여실해진다.

　"만년설 품은 알프스 산 아래/자리 잡은 푸른 호수"라 한 것에서 풍경적 오롯함을 대할 수 있고 첫 행부터 시각적 공간의 묘사와 정서의 흐름이 이국적 풍경의 차가움과 따스함을 상대적으로 대비시키고 있다. '플레타나 나룻배', '아흔아홉 계단', '소원의 종' 같은 구체적 이미지들이 슬로베니아의 블레드 호수를 생생히 되살리고 있고 그들의 풍경 속에서 시인은 삶의 상처를 위로받는 한 종교적 순례자를 그리고 있다. 중반부에 와서 "습습한 흙길/무성한 나뭇잎 사이/설핏 보이는 오만한 심성/맑은 옥빛 물결에 던진다"에서는 자신도 모르게 설핏 내비치는 '오만한 심성'을 맑은 옥빛 물결에 던짐으로써 자기 성찰과 정화의 장場으로 변모시키는 시적 탁월함을 보이고 있다.

'흙길'과 '물결'은 인간의 근원과 순수를 상징하며 그 속에서 시인은 자신을 비우면서 거듭 새로워지는 중이다. 마무리에 와서 "누에고치로 비단을 짜듯/내 마음에 한올 한올 엮는다"는 표현에선 인생의 기억과 감정을 섬세하게 엮는 장인의 손길이 느껴진다. 그런 의미에서 이 시는 여행의 끝은 바로 '마음의 회복'이라는 구조적 완결성을 보여준다. 슬로베니아의 호수와 성을 주인공 삼아 삶의 애절함과 회복을 그리고 있는데 '아흔아홉 계단'과 '소원의 종'이 만들어내는 풍경의 서사성은 오래된 이야기의 흥미 속으로 독자를 견인하기에 충분하다.

'청청한 공기 한 사발'과 '커피 한 잔'이 육체적 감각과 정서 회복에 이어지는가 하면 흐르는 옥빛 물결에 '오만한 심성'을 던진다는 자기반성과 성찰을 압축해 가면 결구의 '누에고치'에 대한 은유 또한 마음을 엮어내는 느림의 미학과 섬세한 심성적 회복으로 표현되어 있다고 하겠다.

　　말레이시아 원정 골프 여행길
　　릴라이 스프링스 골프장에서
　　부부동반 라운딩을 한다

　　이국적 향기 서린 골프장에서
　　힘껏 휘둘러 티샷을 날린다

푸른 잔디밭에서
떼를 지어
찍찍, 쨱쨱, 찌르르릉
주황색 눈동자 소쩍새
검은 머리 갈색 찌르레기

야자수 잎새 사이를
헤집고 옮아 다닌다
갑자기 푸드덕 날아오른다

내 가슴에도
푸른 새 한 마리 날아올랐다

이른 아침부터 저녁 늦게까지
직장생활하는 엄마 품을 떠나
등가방 메고
어린이집으로 향하는 손주들

그 애들은 언제쯤
저 새들처럼 자유로이
이 세상을 날아다닐 수 있을까

- 〈저 푸른 새들처럼〉

154

이 시는 따뜻하면서도 묵직한 여운이 깃든 작품으로 겉으로는 골프 여행기처럼 읽히지만, 그 속에는 세대와 삶, 그리고 자유와 그리움이라는 상보적 정서가 짙게 깔려 있다. 삶의 한 장면 한 장면이 철학적 사색으로 피어나고 여행의 외형 속에서 내면으로 향하는 시선이 "말레이시아 원정 골프 여행길/릴라이 스프링스 골프장에서/부부 동반 라운딩을 한다"처럼 여행의 과정을 보이는 '이국적 향기 서린 골프장'이란 표현 등에서 이미 깊어진 이국정서의 결 또한 살필 수 있다. 여기에서 시인은 단순 관광객이 아니라 자연과 삶의 의미를 포착하고 저작하는 관조자로 자리를 잡고 있다.

내 가슴에 날아오른 푸른 새 한 마리

새들의 등장은 자유의 상징을 의미하는 듯 보이지만 한편으로는 "푸른 잔디밭에서/떼를 지어/찍찍, 쩍쩍, 찌르르룽" 등의 의성어와 색채감이 볼품 있게 어우러진 생동감 넘치는 표현으로 청량감을 더해준다. 그 속의 "주황색 눈동자 소쩍새, 검은 머리 갈색 찌르레기" 등은 이국적 자연의 낯섦에도 불구하고 삶의 활력을 부추기는 존재들로 읽힌다. "내 가슴에도/푸른 새 한 마리 날아올랐다"란 구절은 그런 의미에서 자신의 내면에 솟구치는 비상의 감정—그리움, 회복, 희망—을 담은 시의 중심축이 대자연으로 이동하여 노래 되고 있다.

마지막 연은 시의 정점을 이루는 동시에 "이른 아침부터 저녁 늦게까지/직장 생활하는 엄마 품을 떠나/등가방메고/어린이집으로 향하는 손주들"이 여행지의 새들과 그 이미지가 겹치면서 자유롭지 못한 현대의 삶, 그 안에 담긴 인간적인 여러 안타까움이 저녁 하늘 노을처럼 번지는 것을 볼 수 있다. "그 애들은 언제쯤/저 새들처럼 자유로이/이 세상을 날아다닐 수 있을까"라는 마무리의 염려에서 우리는 '자연 속의 자유'와 '인간 사회의 구속'을 대비시킨 염려의 의미를 인간적 묵상시로 대한다고나 할까. 말레이시아 골프장의 푸른 새들의 풍경과 손주 세대에 대한 염원을 결합하여 새들의 자유로운 날갯짓과 손주들의 일상-어린이집행-이 대비되고 현실적인 제약 속에서도 여전히 희망을 꿈꾸는 언어들이 읽힌다. '푸른 새가 가슴에 날아들었다'라는 심상적 광경 또한 현실은 슬프지만 꿈의 씨앗으로 출발한 대자연의 모습과 대사회적 메시지가 한자리에서 조화를 이루기에 충분하다는 말이다.

　　〈저 푸른 새들처럼〉은 그런 의미에서 이국적 풍경과 손주 세대의 삶을 교차시킨 따뜻한 가족애적 서정시로 "직장 생활하는 엄마 품을 떠나 어린이집으로 향하는 손주들"의 모습은 현대 사회의 한 모습을 반영하는 현실성 또한 읽을 수 있다. 시인은 새들의 자유로운 비상을 통해 인간이 잃어버린 본능적 생명력을 환기하면서 자유의 상징이자 순수 영혼의 찬가를 부르는 것이리라.

예산군 신암면 용궁리
유서 깊은 추사 고택

안채 수려한 기둥에
선생의 고요한 정신이 깃든 글귀

高會夫妻兒女孫[고회부처아녀손]
최고의 모임은 부부와 자식
그리고 손자와 어울려 사는 것이고

大烹豆腐科講採[대팽두부과강채]
최고의 반찬은
두부와 오이, 생강과 나물이면 족하다

추사 선생의 소탈하고 검소한
삶의 풍모가 가을빛에 고웁다

고요한 뜰 안에는
철 따라 백목련, 수선화가 피어나고
한여름 모란이 지고 나면
가을 국화꽃이 한마당 펼쳐놓는다

- 〈추사 고택 뜨락에서〉

서예 작품 심사를 위해 필자도 다녀왔던 예산군 신암면 용궁리의 '추사고택'은 우리나라 서예의 성지聖地라 할만한 곳이다. 그리고 서예에 대한 높은 자존심을 간직한 유서 깊은 명소에 와서 화자가 제시한 추사고택 안채의 기둥에 추사의 정신이 깃든 가르침의 글귀를 대하게 한다.

이에 이르되 사람 사회에서 "최고의 모임은 부부와 자식 그리고 손자와 어울려 사는 것이고/최고의 반찬은 두부와 오이, 생강과 나물이면 족하다"를 시의 대단원처럼 소개하고 있다. 시인은 소탈하고 검소했던 추사 선생의 생전의 삶의 풍모를 상상하며 가을 단풍이 곱게 물든 뜰 안을 산책한다. 고요한 뜰 안엔 백목련, 수선화 등속이 철 따라 피어나고 눈부신 여름 한 철 대청 앞 모란이 지고 나면 마당에는 한가득 국화가 연달아 핀다.

이런 꽃마당은 온통 추사체 닮은 꽃들로 어우러져 그 자체로 깊은 예술적 여운을 낳고 있다. 어디 그뿐인가. 추사가 직접 쓴 글씨로 각자(刻字)한 해시계-'석년(石年)'-위로 해그림자가 짙게 늘어지고 꾀꼬리 맑게 우는 뒷동산에 고택의 적막을 틈타 보름달이 떠오르는 정경은 시인을 한층 서정적 감상에 젖게 했으리라. 실제로도 전경옥 시인은 추사 선생을 흠모하여 그 서체를 직접 수련하였고 그 결과 추사서예대회에서 입상까지 한 경력의 소유자로 그가 찾은 추사고택에의 감회는 남달랐을 것이다. 위의 작품은 추사 김정희의 고택과 그가 남긴 글귀를 통해 추사가 가르친 전통적 삶의 가치와 인간적 검소함을 꾸밈없이 그리고 있다. 구체적 한문 인용-고회부처아녀 손 대팽두부과강채-란 글귀는 바로 그런 의미에서 역사적 공간에 시적 무게를 더하는 일이었고 계절별로 개화하는 꽃들의 모습 또한 자연적 순환의 하나이지만 담백하고 온화한 선생의 가르침이 한 폭의 수묵화처럼 아름답다는 것을 느낄 수 있다.

추사가 가르치는 '최고의 모임은 부부와 자식 그리고 손자'라는 한문 구절의 인용이 이 작품에 고전적 품격을 더하는 동시에 추사의 삶과 시인의 내면 의식이 한자리에서 현대인의 물질적 욕망을 경계하는 의미로 읽을 수 있으리라.

이른 아침 창문을 연다
창밖은 온통 동화 나라
나뭇가지에도 차량에도
백설이 소복이 덮여있다

건너편 산허리 휘감고
목화송이 눈발
송이송이 청승스레 휘날린다
시린 나뭇잎에 내린 눈
뒤란 장독대에도 소복이 쌓였지

어릴 적 감은 머리에

잔 고드름이 매달려 대롱거리고
문고리에 손이 쩍쩍 달라붙던
매서운 추위
겨울 이맘때가 되면
눈가에 갸웃이 피어난다

아궁이에 불지핀 매운 연기로
눈 비비며 밥 지으시던
어머니의 따스한 사랑
고향길 검은 가지에
까치밥으로 남은 홍시 같다

- 〈겨울날의 속삭임〉

　이 시는 언어적으로는 따뜻하면서도 이에서 촉발한 향수 또한 아련하다는 점에서 눈 여겨지는 작품이다. 앞서 우리들은 '자연 속의 성찰'을 노래한 몇 편의 시편들을 독서하였고 자연 속에 떠오르는 이들 작품에의 '기억의 온기' 또한 정겹게 풀어낸 것들을 인상적으로 읽었었다.

"고향길은 까치밥으로 남은 홍시 같다"

　작품이 보인 눈 덮인 풍경에서 어린 시절과 어머니의 사랑으로 이어지는 혈연적 정서와 그 흐름이 퍽이나 자연스럽고 정갈하다. 그리고 아침의 풍경을 감각적 언어로 노래한 점도 이 작품이 지닌 남다른 탁월함이라 할 수 있다. "이른 아침 창문을 연다/창밖은 온통 동화 나라"를 시의 첫머리 삼아 그에 따른 시각적 이미지가 매우 선명하게 펼쳐진 작품이다. 작품 속의 '동화 나라'는 단순 풍경의 묘사에 그치지 않고 독자를 감수성 짙은 어린 시절로 안내하는 구절이라 하겠다.

"나뭇가지에도 차량에도/백설이 소복이 덮여 있다"라는 풍경 속의 일상성 또한 따스한 시선이 느껴지고 "건너편 산허리 휘감고/목화송이 눈발/송이송이 청승스레 휘날린다"라는 대목에서 우리는 '청승스레'라는 수식어를 통해 이 작품에 스민 시적 의외성을 읽을 수 있었다. 눈의 고요함에 더한 쓸쓸함의 시적 효과 또한 가볍지가 않다. 한 자리에서 겨울의 정적과 인간의 감정이 맞물리면서 시적 정조가 한결 더해진 것을 볼 수 있고 이 부분에서 어린 시절을 추억하는 회상의 전환을 읽을 수 있다. 그리고 "어릴 적 감은 머리에/잔 고드름이 매달려 대롱거리고"란 대목에 오면 그리도 힘들었던 그 시절이 한 폭의 풍경화처럼 되레 아름다운 광경으로 돌아온 듯하다.

'문고리에 손이 쩍쩍 달라붙던 매서운 추위'는 촉각적인 기억을 불러 일으키기에 충분하고 그래서 우리는 이 작품으로 하여 자연스레 어린 날의 겨울을 떠올리게 된다. '눈가에 갸웃이 피어난다'라는 표현 역시 정서적으로 참 섬세하고 아름답다는 생각이고 추억이 눈송이처럼 피어나는 순간을 잘도 포착했다고 할 수 있다. "아궁이에 불 지핀 매운 연기로/눈 비비며 밥 지으시던/어머니의 따스한 사랑"이 이 시의 절정을 만들고 냄새, 온기, 빛 등 세 가지의 감각적 언어들이 하나로 모이면서 사랑과 그리움의 세계를 한가득 음미하게 한다. 마지막 구절인 "고향길 검은 가지에/까치밥으로 남은 홍시 같다"라는 비유에서 전경옥 시의 자별한 여운 또한 느낄 수 있다.

이 작품에서 남은 사랑, 다하지 못한 그리움, 그러나 여전히 붉게 남은 생의 온기가 느껴지는 눈 내리는 동화 같은 풍경을 시로 읽으며 어린 날에 겪은 겨울날의 운치와 어머니의 사랑을 새삼 회상하게 된다. 다시 한번 반추하지만 '까치밥 홍시'는 따스함을 상징하는 이미지를 형성하고 머리에 매달린 고드름, 문고리에 손이 달라붙던 강추위 등등 당시에 겪은 여러 표현들이 매운 연기와 눈 비비며 밥을 짓던 그 시절의 장면들로 이동하면서 시각적으로 재현된 생활사의 한자리를 아름다운 운율과 서정으로 읽을 수 있었다.

산새들의 지저귐이 청아하다

숲속에 살아가던 곤충들
장수풍뎅이 사슴벌레 비단벌레
세월이 갈수록
점점 사라져가는 숲속 생태계

숲에 있는 온갖 생물
음이온과 치톤피트 쾌적함이
한 인간의 순간적인 실수로
푸른 사이 잿더미로 변했다

경북 의성에서 발화된 산불이
안동, 청송, 영양으로 번져
온 산을 태우고도 모자라
인명과 숱한 재산이 날아갔다

거친 불길이 강풍을 타고
노도(怒濤)와 같이
새봄을 통째로 삼켜 버렸다

- 〈봄을 삼킨 산불〉

이전 작품들과 달리 이 시는 자연에서 겪은 비극과 이
에서 야기된 인간의 사회적 책임을 정면으로 응시하고
묻는 시적 메시지가 읽힌다. 요컨대 〈봄을 삼킨 산불〉은
서정시의 언어로는 강한 편이지만 이로 하여 기록된, 환
경이 저지른 비극이자 인간의 성찰을 촉구하는 사회시적
시선이 눈여겨진다고 하겠다.

이 작품에서 시인의 시적 감정은 절제된 듯 보이지만
언어적 묘사와 리듬 속에 스민 비애와 경고에의 울림은

자연적 서정이 비극으로의 전환을 이루는 자리라 하겠고 그 속에는 "산새들의 지저귐이 청아하다"라는 표현처럼 평화로운 적요가 풍경 속에 스며있다. 이 시는 도입부 이후가 소실 내지는 파괴와 대비되면서 비극의 강도를 높이는 자리에 나아갔고 "장수풍뎅이 사슴벌레 비단벌레/세월이 갈수록/점점 사라져가는 숲속 생태계" 등은 단순한 시적 나열이라기보다는 각각의 곤충 이름에서 보듯 생명의 다양성과 상징성 또한 도드라진 것을 읽을 수 있다.

'세월이 갈수록'이라는 짧은 구절에서 우리는 인간의 방관 속에 천천히 무너져가는 생태계의 현실을 실감할 수 있다. "한 인간의 순간적인 실수로/푸른 산이 잿더미로 변했다"라는 표현 앞에서 인간 중심 사고가 얼마나 위험한 이기주의인가를 정면으로 지적한 것이고 '순간적인 실수'라는 것이 여전히 '푸른 산 잿더미'와 대비를 이루면서 인간의 무책임이 가장 크다는 것을 묵직하게 나무라고 있다.

이어서 "경북 의성에서 발화된 산불이/안동, 청송, 영양으로 번져"라는 부분에 오면 구체적인 시적 공간을 현실로 끌어당긴 사실성과 이의 절박함을 산불 현장으로 옮기면서 파괴와 소실은 "거친 불길이 강풍을 타고/노도(怒濤)같이/새봄을 통째로 삼켜 버렸다"는 대목과 오버랩되고 '노도'라는 어휘가 '통째로 삼켜 버렸다'는 서술에의 폭발력은 증폭되고 있다. '봄'이라는 계절이 초목처럼 희

망을 키우는 것을 '불길'이 삼켜버렸다 하였고 우리는 이
것이 단순한 재난 상황의 서술이 아닌 생명 세계의 순환
성에 얼마나 심대한 단절일 수 있는지를 통렬한 언어로
설파하고 있다. 의성의 산불과 그 피해의 현장에서 이의
뉘우침을 담아서 창작한 이 작품은 장수풍뎅이와 사슴벌
레 등을 생태적 상실의 구체성으로 하여 불길의 진행 과
정을 전쟁에 비유하는 등 재난에의 압박감을 경고하고
있다.

청옥빛 하늘엔 "북두칠성, 오리온, 금성"이

시의 리듬은 자못 팽팽하고 긴박하여 읽는 이를 하나의
지점으로 몰입시킨다. 또한 이 같은 직설적 전달이 때로
는 은유보다 우선하다는 점에서 기록문(記錄文) 풍(風)
이 강한 시라는 생각이다. '푸른 산이 잿더미로 변했다'라
는 묘사에서 보듯 인간의 무책임과 부주의가 얼마나 큰
비극적 재앙인가를 고발하는 작품이라고 하겠다.

훤칠한 키에 서글서글한 표정
한국어에 능숙한
남성 가이드가 우리를 안내한다

미니버스를 타고 한 시간 가량
너른 초원을 달렸다

말들이 자유로이 풀을 뜯는 모습

국내에서 보던 야생화가 반긴다
느긋한 편안함이
우리들 가슴에 포근히 내려앉는다

여기저기 둥그런 게르 지붕
기암괴석과 거북바위
삥 둘러서 있어 신기한 풍경들

우리 일행이 짐을 풀었다
이색적인 공간에서
첫 밤을 보내는 낯선 경험이다

게르안 식탁 위에
차려진 말고기찜에
된장찌개와 김치가 곁들여 나온다

젓가락으로 맛을 보니
마치 우리 일상의 음식처럼
너무나도 익숙한 느낌에 놀라웠다

날이 저물자
옥빛같이 푸른 하늘에

북두칠성, 오리온, 금성이 선명하다

이국땅이지만 옛 고향에 와 있는 듯
푸르른 몽고반점을 떠올리며
마치 한 민족처럼 느껴지는 여행이었다

- 〈몽골의 그리움〉

〈몽골의 그리움〉은 몽골 여행 중에 한국의 음식문화와 몽골인을 '한 민족'처럼 느낀 화자의 시적 언어가 하늘의 천체와 일체화되어 유년적 친근함으로 연결하고 있다. 게르 안의 식사와 된장찌개 내지는 김치의 등장으로 고향과 여행지를 동일지점으로 생각하고 발전적으로 '몽고반점'이라는 흔적 또한 민족적 친근감을 함의하며 여행자의 경험의 깊이가 가뭇없이 느껴지는 작품이다.

시인은 '몽고반점'을 매개로 자신과 타자의 경계를 허물고 이국의 하늘 아래서 "마치 한 민족처럼 느껴지는 여행이었다"는 고백을 하고 이에서 혈연에 입각한 민족적 근원을 사유하는 세계시민으로의 포용을 담고 있다는 점이 묘한 실감과 친근감으로 다가온다. 우선 화자는 서글서글한 표정과 훤칠한 키, 능숙한 한국어가 두루 맘에 드는 남성 가이드의 안내를 받으며 미니버스를 탔고 한 시간가량 달려서 도착한 초원은 말들이 자유롭게 풀을 뜯는 목장이었다. 그리고 우리 땅에서도 볼 수 있었던 야생화 등속이나 심정적으로 느긋해진 산천경개의 편안함으로 일행의 가슴은 두루 포근하기만 했었다.

그런가 하면 여기저기 둥근 지붕 게르와 기암괴석과 거북바위가 울타리처럼 삥 둘러진 경관은 관광하는 내내 신기하기만 한 풍경들이었다. 그래서인가. 숙소에 돌아온 이후에도 일행이 '이색적'이라 느껴지는 공간에서 첫 밤을 보내는 경험은 내내 낯설었지만 고향에 와있는 것 같았다고 했다. 게르의 실내에 놓인 식탁에 말고기찜이 차려져 있고 곁들인 '된장찌개와 김치'가 나왔고 식사를 마치고 올려다본 청옥빛 하늘에는 "북두칠성, 오리온, 금성이 선명"했던 것이다.

그런 다음에 이국땅에서 느끼는 감정이니 이국정서라는 것을 모를 리는 없겠지만 '고향에 와 있는 듯' 편안한 마음이 되었다는 것, 그래서 떠오르는 생각은 '푸르른 몽고반점'으로 옮겨지고 우리는 한민족이라는 일체감을 확인하는 순간에 다다른다. 그러면서 이 같은 여행을 노래한 〈몽골의 그리움〉은 겸하여 한 굽이의 역사적 세월까지를 더듬게 한 작품이었다.

일상 한오라기 걸치고
성경책을 펼쳐 읽는다
사랑의 언어에 밑줄을 그으며

『마귀의 궤계를

능히 대적하기 위하여
하나님의 전신 갑주를 입으라』

젊은 날 뇌리에 스쳐 간
문장들이 마음에 스민다

『가시 돋친 말을 피하라
인간관계로 결핍을 메우려 하지만
자칫하면 화상을 입을 수도 있다』*

흰 도화지 위에 쓰고
다시 읽고 음미한다.
책꽂이엔 아직
읽지 못한 책이 쌓여간다

잠을 설친 밤의 흔적
시인지 수필인지
알 수 없는 기록들
소중한 추억들이 파닥인다

그 힘겨운 시간처럼
나의 삶을 쓰고 또 고친다

목표한 고지를 향해

뚜벅뚜벅 걸어가다 보면
언젠가는 괜찮은 시인이 되겠지

*쇼펜하우어 "당신의 거리를 유지하라"에서 인용

- 〈일상 한오라기 걸치고〉

〈일상 한오라기 걸치고〉는 시작부터 '마귀의 궤계'가 등장한다. 이것은 일반적 인식으로는 다소 의외라 하겠지만 여기에서 말하는 '궤계란 간사하게 남을 속이는 죄'라는 것으로 신앙생활을 하는 분들에겐 그만큼 주위 사방이 대적해야 할 마귀들로 가득하다는 의미이겠다. 그리고 이를 능히 물리치지 못하면 그 다음에 오는 후속적인 일들이야 무엇을 더 예측할 수 있겠는가 하는 것이다.

신앙은 그래서 늘상 믿음의 진리에서 벗어난 일들을 물리칠 수 있는 굳건한 힘을 받거나 단련하면서 이에 성을 쌓는 일이며 믿음 생활 또한 한시도 방심할 수 없는 일상성 지키기의 자기 다짐과 그 실천이라 하겠다. 이 자리에서 우리는 하나님은 그 존재적 위의(威儀)에서 오만가지 은혜도 주시고 사랑의 손길로 '전신갑주를 입'혀주시는 분이다. 그것을 매일매일 생각하고 실천하는 화자의 생활에서 순간 찰나적으로 뇌리를 스치고 지나가는 젊은 날이 읽혔었고 지금도 마음에 스민 그 시절의 아포리즘적 가르침을 이 시의 한 부분으로 소개하고 있다.

그에 이른즉 가시 돋친 말은 피하고 자칫하면 화상을 입을 수도 있다고 하였으니 '인간관계를 끌어다 자신의 결핍을 메우려 하지 마라'는 경계의 말이 그 같은 의중을 드러내는 것이란 생각이다. 그리고 이를 "흰 도화지 위에 쓰고/다시 읽고 음미한다"는 화자의 생각에 이르면 절로 세상을 티도 흠도 없이 살아가려는 화자의 결곡한 마음이 읽힌다. 잠을 설친 밤에는 '시인지 수필인지' 가리지 않고 자신의 마음에 맺힌 바를 *끄적거리기*도 했었다는 언술에도 자신을 내려놓는 화자의 겸손함이 읽힌다.

그런가 하면 '지리산 천왕봉을 오르고' 오르면서 다짐했던, 힘겨운 삶이 닥칠 때면 어려웠던 때를 생각하면서 목표한 고지를 향해 뚜벅뚜벅 걸어가리라 작정했었다. 요컨대 이러다 보니 '언젠가는 괜찮은 시인이' 될 것이란 다부지고 견결한 다짐 또한 보여주고 있다. '일상'은 우리에게 늘상 대하는 일이거나 반복적으로 이어지는 생활 그 자체를 이르는 말이겠다. 〈일상 한오라기 걸치고〉라는 제목에서처럼 화자는 작품 제목으로 성경 구절과 철학적 지식의 인용에 기반하여 창작과 독서로 자기 점검을 확인하고 있다.

'삶의 거리두기'를 성찰하는 메타시로

'쓰고 또 고친다'는 창작 상의 반복적 행위를 이어가다 보면 그런 다음에 남는 생각은 좋은 작품을 유념하는 '괜

찾은 시인'이라는 목표에 닿아있다. 그리고 시인의 일상
적 견결성과 자기 다짐에 터 잡은 위의 작품이 그만큼 진
솔하다는 의미이고 종교 · 철학 · 문학이 한자리에 묶이
면서 하나의 세계를 형성하는 것을 볼 수 있다. 〈일상 한
오라기 걸치고〉는 그런 의미에서 시인이 신앙과 철학을
바탕으로 '삶의 거리두기'를 성찰하는 메타시라 할 수 있
고 성경 구절과 쇼펜하우어의 인용 등이 절묘하게 어울
리면서 인문학적 사유 또한 고조되고 있다. "언젠가는 괜
찮은 시인이 되겠지"라는 시인의 자기 고백에는 소박하
지만 강렬하면서도 진정성에 터 잡은 다짐이 읽힌다.

  이 시는 두말이 필요 없이 전경옥 시인이 자신만의 시
적 자존심에 기초한 자기반성과 신앙적 훈련을 앞세운
정신성의 한 방향임을 펼쳐낸 작품이라 할 수 있다.

    화산 활동의 흔적인가
    검은 바위틈 숲속
    물기 어리고 이끼가 쌓인
    그윽한 숨도 정원

    식물의 뿌리들이
    얼기설기 끈질기게
    생명의 눈을 틔운다

    소란한 일상에서

잠시 비켜앉아
느낄 수 있는 공간

동백꽃 정원에
붉은 꽃들의 미소가
고개를 뚝뚝 떨군다

사잇길을 누비며
딸과 행복한 시간을
한 아름 껴안고 머물렀다

*숨도 정원 : 제주도 서귀포에 있는 숲 박물관

- 〈숨이 모인 쉼의 정원〉

　화자는 '검은 바위틈 숲속'에 물기 어리고 이끼가 쌓인 '그윽한 숨도 정원'을 여행하면서 이것이 바로 '화산 활동의 흔적'이 아닐까를 추정한다. 그러면서 끈질기면서도 얼기설기 생명의 눈을 틔운 '식물의 뿌리들'로 눈을 옮긴다. 화자는 여기에서 잠시 소란한 일상을 벗어나 모처럼 휴식을 취할 공간이라면서 '동백꽃 정원'에 들어서고 꽃들의 붉은 미소가 고개를 뚝뚝 떨군 '사잇길을 누비며' 딸과의 행복한 시간을 '한 아름 껴안'다 돌아온 여행이었다고 술회한다.

〈숨이 모인 쉼의 정원〉은 화자가 의도한 제주 숨도 정원을 배경으로 한 자연에의 생명 의식과 인간의 휴식이 조화롭게 어우러진 순간들을 감칠맛 있게 읽을 수 있다. 이 작품의 첫 연에 보면 "검은 바위틈 숲속"은 제주 화산섬의 거친 질감을 느낀 대로 보여주면서 이어지는 구절인 "물기 어리고 이끼가 쌓인/그윽한 숨도 정원"이란 표현에서 새삼 생명에의 숨결이 대자연의 신비감을 가감 없이 더하고 있었다. 작품에서 말하는 식물의 뿌리와 동백꽃의 이미지는 생명 세계의 순환과 그 정조를 그리 표현한 것으로 보인다. 반복하지만 "딸과 행복한 시간을/한 아름 껴안고 머물렀다"라는 구절에 오면 자연 속에서 누린 가족애적 행복과 그 순간의 온기를 잔잔하면서도 웅숭깊게 갈무리하고 '숨이 모인 쉼의 정원'인 제주의 숨도 정원은 이를 배경으로 한 자연과 가족의 평온이 읽히는 동시에 더없는 휴식과 쉼 또한 보이는 듯하다.

이끼와 붉은 동백꽃의 이미지가 배색과 대비를 이루는 것도 이채롭고 소란한 공간에서의 행복감마저 정갈한 언어로 표현한 것도 이 작품을 되풀이 읽게 한 대목이었다.

찬 서리 내리는 밤
폭풍 한설 견디고
50년 만에 피운 대나무꽃

노고단 별빛 쏟아지던 밤

대꽃 앞에서 멈칫 다가섰네
까치발로 기다렸는가
꽃물 잎새마다 가냘픈 음계

대꽃 응시하던 눈망울로
남편의 뒷모습 바라보니
실타래처럼 이어진 한 생을
가을날 볏단처럼 서로 의지하며 살아왔네

속살 태운 불꽃 가슴으로
하늘 더듬던 꽃대의 숨결
살포시 미소 짓던 푸르름이
화살처럼 스쳐 지나는데
패인 주름살에 희끗한 백발이
내 마음을 촉촉이 적시네

신우대꽃은
우리 죄를 사(赦)하기 위해 예비한
예수의 십자가인가
"누구든지 나를 따라오려거든
자기를 부인하고
자기 십자가를 지고
나를 좇을 것이니라"
그 십자가를 질 수는 있을까

신우대꽃 곁에서

붉은 죄를 한동안 헤아려 본다

- 〈신우대꽃 곁에서〉

'노고단 별빛 쏟아지던 밤' 찬서리 폭풍 한설을 견디
고 '50년 만에 피운다는 대나무꽃'에 멈칫 다가간 화자가
'꽃물 잎새마다 가냘픈 음계'를 날리며 '까치발로 기다'림
을 키운 대꽃을 응시하면서 자신도 그 같은 눈망울로 남
편의 뒷모습을 바라본다.

남편의 모습에서 '가을날 볏단처럼 서로를 의지하며'
'실타래처럼 이어온 한 생을' 회상하는 일은 그 자체로 그
윽하면서도 아름답다는 생각이다. 그러면서 '속살 태운
불꽃 가슴'으로 하늘을 더듬으며 하늘거리던 꽃대의 숨
결을 헤아려 보며 살포시 짓던 푸른 미소가 '우리 죄를
사하기 위해' 예비하신 예수님의 십자가와 겹쳐진다. 그
리고 이어지는 자리에 누구든지 '나를 따라오려거든' '자
기를 부인하고' 자기 십자가를 짐 지고 '나를' 좇으라는
말씀처럼 시인 자신도 그 십자가를 뒤따를 수는 없을까
를 궁리하고 있다.

문득 사생결단의 자기희생으로 피워 낸 '신우대꽃 곁에
서' 붉은 죄를 헤아려 보는 화자는 '신우대꽃'이 또 다른
우리 자신의 그리스도적 초상(肖像)이 아닐까를 생각한
다. 이 시는 울림이 깊은 대자연의 한 장면을 "50년 만에

피운 대나무꽃-신우대꽃"을 통해 인생과 신앙, 그리고 사랑의 의미적 세계를 사유한 작품이라 할 수 있다. 삶에는 항용 그에 따른 고난과 기다림이 교차하게 마련이며 여기에 신앙적 성찰 또한 개입되어 한 편의 서정시이자 한 편의 영적 묵상시를 감상하게 된다. 〈신우대꽃 곁에서〉는 대나무꽃의 귀한 개화를 소개하고 이를 통해 인생의 인내와 신앙의 깊이를 그려내는 한편으로 "찬 서리 내리는 밤/폭풍 한설 견디고/50년 만에 피운 대나무꽃"은 평생한 번 피었다 스러지는 희귀함 그 자체로 인간의 일생 혹은 믿음의 완결을 이리 상징하였다고 하겠다.

대자연의 눈으로 인간의 마음을 비추고

"대꽃 응시하던 눈망울로/남편의 뒷모습 바라보니…"에서 우리가 읽어낸 것은 오랜 세월 함께 걸어온 부부의 세월이 한 폭의 풍경화 같다는 생각이다. 여기에는 그 세월만큼의 애정과 연민이 고스란히 묻어있고 세상에 이보다 아름다운 일이 또 있을까 싶다. 그리고 "가을날 볏단처럼 서로를 의지하며 살아왔네"라는 구절에 이르면 함께한 세월에 형성된 정리(情理)와 일체감의 무게를 한자리에서 가늠하게 한다. 이 작품의 후반부에 오면 "신우대꽃은/우리 죄를 사하기 위해 예비한/예수의 십자가인가"라는 질문에 이르게 되는데 이는 자연에서 신의 뜻을 읽어내는 시인의 시선이 이채롭고 고통과 구원의 의미 또한 그리 탐색한 것으로 이해된다. 특히나 이 작품은 성경 구절을 인용하여 이에 따른 시적 깊이와 긴장감을 신앙적 깨달음으로 이어가는 구성 등이 두루 인상적이다.

50년 만에 핀 대나무꽃을 예수의 십자가와 연결하여 그간에 살아온 불우한 여러 우여곡절과 부부 상호 간의 화목과 부부애를 성찰하게 한다. 꽃의 생애와 인간의 생애가 동일하게 병치 되어 상징성 또한 매우 간절하게 다가온다. 다음의 국면으로 나아가면서 시종 성경 구절이 가르치는 바를 한결같은 톤으로 요량하는 전경옥 시인의 언어적 경건함이 새삼 읽히는 자리였다

전경옥의 제4시집《몽골, 초원의 눈빛》은 자연과 인간, 여행과 기억, 신앙과 구원의 문제를 연결하면서 인간이 참된 자신을 찾아가는 서정의 내면적 지적도라 할 수 있다. 시인은 국경과 대륙, 계절과 세월을 넘나들며 자연의 풍광 속에서 인간 존재의 본질을 시 작품으로 노래한 것이다.

시집의 제목처럼 '몽골, 초원의 눈빛'은 대자연의 눈을 통해 인간의 마음을 비춰보고 탐색하려는 시적 은유를 읽을 수 있다. 앞에서도 언급했지만, 이 시집은 외형상은 여러 여행지의 기록처럼 보이지만 실상은 영혼을 찾아 나선 한 여행자의 순례록이라는 표현이 마땅하다. 〈두만강은 흐른다〉에서 분단의 국토를 흐르는 강물로 시작된 동포애의 여정은 「신우대꽃 곁에서」의 종교적 명상에 이르기까지의 기억과 자유, 고향과 자연, 그리고 신 앞에

서의 겸허함으로 시인은 우주나 세계를 바라보면서도 그 시선은 언제나 자기 내면을 응시한다.

〈두만강은 흐른다〉는 시인 본래의 정신성에 기초한 자기적 서정이 두드러진다. 전쟁의 흔적과 분단의 상처를 담담한 어조로 노래하면서 "70년의 세월이 훌쩍 지나/어느새 내 나이 되었구나"를 읊는 목소리에는 한 민족의 역사와 개인의 생애를 겹쳐놓은 정서적 교차점이 눈에 든다. 여기에서 말하는 두만강은 이념의 강이 아니라 '기억의 강'이며 시인은 그 강을 건너며 시대의 슬픔을 되새기고 있다. 이어지는 〈만경대를 펼쳐 보다〉와 표제작 〈몽골 초원의 눈빛-대자연의 선물〉에서는 시적 화자가 역사적인 상처가 큰 땅에서 드넓은 자연의 품을 희구한다. 몽골의 초원과 은빛 윤슬과 별빛 가득한 밤하늘은 시인에게 사통팔달한 "영혼의 자유"를 허여한다. 그 같은 풍경 속에서 시인이 떠올린 유년은 낯선 땅에서 고향에의 기억과 그에 따른 강한 향수를 저작(咀嚼)한다. 어쩌면 역설적 감정의 진술이기도 한 전경옥 시인의 시 세계는 '타향에서 만나는 자아의 회복'을 의미한다는 생각이기도 하다.

그의 시는 여행지를 중심으로 전개되지만, 그에 따른 여정은 외부보다는 내면을 향하면서 이에 침잠하듯 리듬을 이어간다. 〈저 푸른 새들처럼〉에서는 손주 세대에 대한 연민과 자유에의 동경이 중첩되는가 하면 〈추사 고택 뜨락에서〉에서는 명필 김정희의 좌우명을 통해 '소박함의 미학'을 발언하고 있다. 말인즉 "두부와 오이, 생강과 나물이면 족하다"는 구절에 담긴 추사의 생활적 검소함은 시인이 추구하는 삶의 태도이자 시적 미학의 요약이 아닐 수 없다. 〈겨울날의 속삭임〉과 〈일상 한오라기 걸치고〉에 이르러 시의 방향은 내면적 풍경을 지향한다. 눈 덮인 풍경 속에서 어머니의 손길을 기억하는 시인은 지나온 자신의 세월을 '까치밥으로 남은 홍시'라 표현하며 회한에 젖는다.

이어 성경 구절과 철학자의 문장을 인용하는 〈일상 한오라기 걸치고〉에서는 시 쓰기의 이유를 '영혼의 단련'으로 단정하고 그 앞에 나아가는 자신에의 다짐을 보이고 있다. "언젠가는 괜찮은 시인이 되겠지"라는 마무리의 다짐은 겸허한 자기 성찰의 선언이자 시를 통한 자기적 고백이라 할만하다. 그리고 또 다른 축은 자연과 인간의 관계에 대한 생태적 성찰이다. 〈봄을 삼킨 산불〉은 우리 인간의 무지로 파괴된 숲을 바라보며 분노 대신 슬픔의 목소리로 생명의 윤리를 새삼 되새기게 한다.

〈왕송호수의 연꽃〉에서는 "연꽃은 사라져도/호수는 계절을 기억하고"라는 구절을 통해 자연의 순환과 인간의 기억이 한 몸임을 일깨운다. 이런 의미에서 전경옥 시인의 자연시는 관찰의 언어라기보다는 공존과 상생을 염두에 둔 자기 윤리의 확인이라 할 수 있다. 마지막에 배치된 〈신우대꽃 곁에서〉는 시집 전체를 꿰는 영적 정점으로 읽히는 작품이다. 50년 만에 핀다는 대나무꽃을 마주한 시인은 그것을 예수의 십자가에 비유하며 "우리 죄를 사하기 위해 예비한" 높은 상징성을 강하게 발언한다. 생명의 소멸과 재생, 인간의 유한성과 이를 밑 받친 신의 사랑이 하나의 화면에 겹쳐서 나타난다. 이 작품은 자연 속의 기적을 인간 존재의 구속과 구원의 문제로 시집 전체를 신앙적 순례로 마무리한다. 전경옥 시인의 시는 우선 그 시어가 순하고 평이하게 절제되어 있다는 점에서 수식과 치장 대신 투명한 리듬이 그가 지닌 감정 상태의 본래성을 보여주고 있다.

풍경의 묘사는 사실적이지만 그 안에 담은 사유의 결이 숨소리 고른 은유의 무늬처럼 깔려 있다. 이러한 '느림과 은유의 언어'가 만들어낸 여백은 독자로 하여금 시인의 시선과 정신을 더불어 호흡케한다. 시인은 화려한 수사보다 정직한 체험의 언어를 지향하며 감정의 진정성과 품격을 확보하려 한다. 시집 『몽골 초원의 눈빛』은 한 여성 시인의 생애가 시간과 자연, 신앙의 경계를 넘나들어 빚은 서정의 순례가 아닐 수 없다. 이 시집은 "기억에서 자유로 슬픔에서 평화로 자연에서 신으로" 향하는 영혼의 궤적을 지향하면서 삶이란 결국 떠돌다가 머물며 머물다가 떠돌면서 찾아가는 순례의 길에 들어선다는 것. 그 길 위에서 전경옥의 시는 몽골 초원의 눈빛처럼 맑고 담담하다. 이 작품집은 전경옥 시인의 여정을 중심으로 한 시적 사유와 자연 내지는 인간의 내면을 아우르는 정서에다. '시간과 기억'이라는 주제를 정갈한 언어로 직조하고 있다.

기억에서 자유로 슬픔에서 평화로…

    삶은 눈에 보이는 풍경만으로는 이루어지지도 완성되지도 않는다는 것이 언어가 요량하는 창작성이다. 조용한 숲속의 정원에서 대자연의 숨을 고르고 희귀한 꽃 앞에서 세월의 무게를 느끼고 먼 호수와 초원을 거닐며 내면의 회복과 위안을 얻는 것. 바로 이 시집에는 그 같은 순간의 서정성이 담겨져서 자연과 그 자연에의 여행이 만나는 여러 풍경들을 단순히 읽지 않고 역사와 삶의 상처로 견인하여 내면 깊은 기억과 자유의 감각을 마음에 담아 숨 고르는 것이다. 앞에서 독서한 시작품들이 건네는 크고 작은 풍경들 속에서 독자는 잠시 일상을 내려놓고 '살아 있음'과 정신적 사유를 '느낌'의 차원에서 노래한 이 시집은 넘기는 페이지마다 독자의 마음에 푸른 하늘의 숨결과 대자연의 향기가 작품들을 읽는 내내 서정의 바다에서 노니는 마음으로 무잡한 필을 접는다.

몽골 초원의 눈빛

초판 발행   2025년 12월 8일

지은이   전경옥
발행처   문학秀출판
발행인   이영자
책임 편집   노용제
편집디자인   서용석
제작   정은출판
등록   제2021-000050호(2021. 4. 15)
주소   04558 서울시 중구 창경궁로 1길 29, 303호
전화   02-2272-3504, 8807
팩스   02-2277-1350
전자우편   munhak2020@daum.net
ISBN   979-11-978432-8-0 (03810) 책값은 뒤표지에 있습니다.